싱크 데이트

나를 사랑한 아이돌

싱크 데이트
나를 사랑한 아이돌
남지민 지음
씨드북

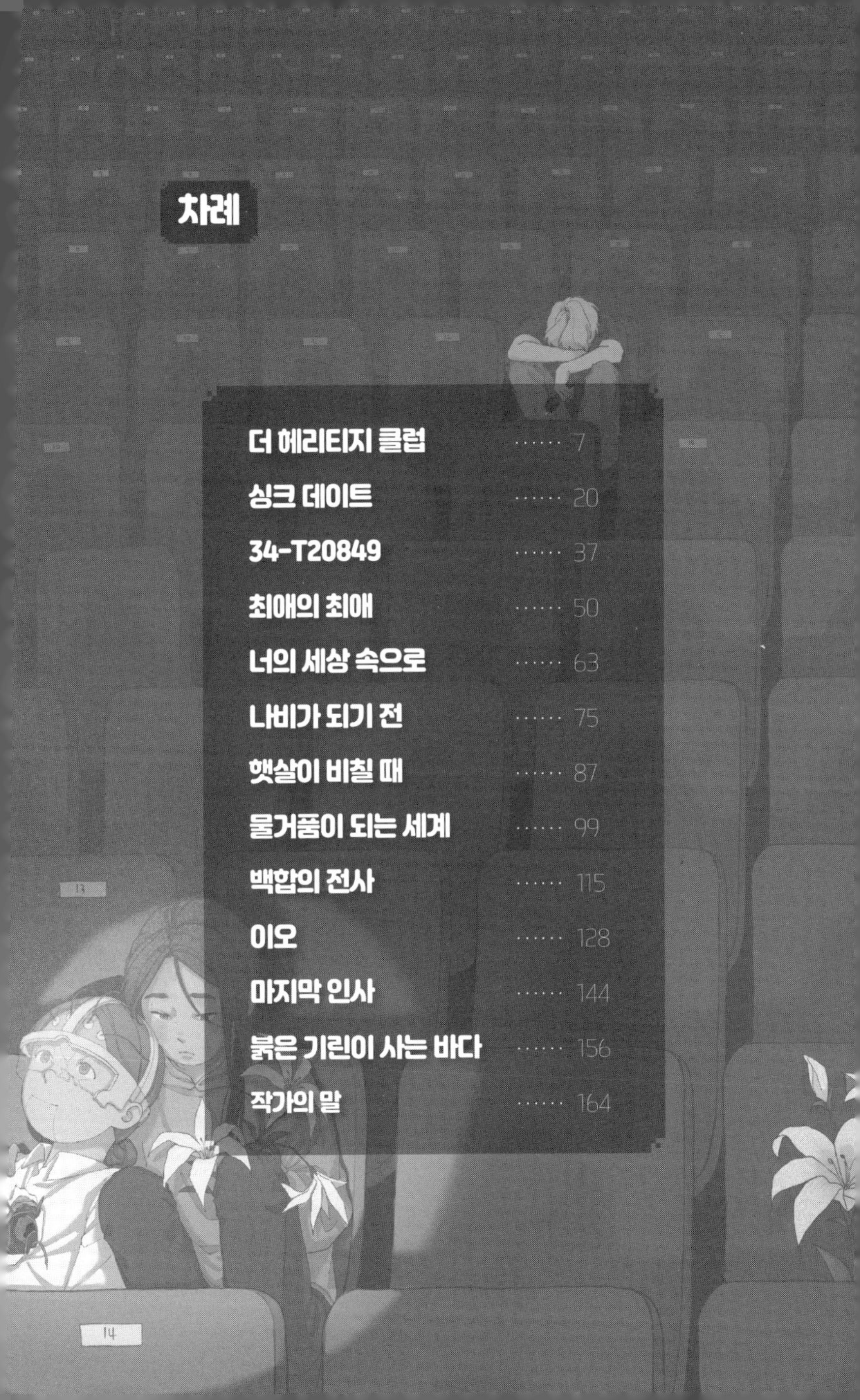

차례

더 헤리티지 클럽

높은 건물들 사이로 손바닥만 한 밤하늘이 보인다. 인적 드문 새벽 밤거리에는 정찰용 드론이 날아다니는 소리만 간간이 들렸다. 좁고 어둑어둑한 골목 초입에 다다르자 어둠 속에서 뭔가 튀어나올 것 같은 느낌에 심장이 콩닥콩닥 뛰었다.

마스크를 살짝 내리고 조그맣게 속삭였다.

"〈싱크로〉 반복 재생 해 줘."

이어폰이 둥둥 울리며 드럼 비트가 낮게 깔리고 곧이어 노아의 청량한 목소리가 흘러나왔다.

나는 손을 뻗어 너의 손을 잡아

어둠 속 너와 나

우리의 심장이 같은 박자로 뛰기 시작해

노래를 들으며 깜깜한 골목길을 가만히 응시했다. 숨을 한번 길게 내쉬고 새까맣게 내려앉은 어둠 속으로 뛰었다. 화려한 홀로그램 광고판들이 빠르게, 더 빠르게 나에게서 멀어졌다. 밤과 아침의 희미한 경계 속에서 오직 나만이 끝이 보이지 않는 밤을 향해 뛰는 듯했다.

기숙사 건물 앞에 도착하자 옅게 조명이 켜졌다. 안면 인식 렌즈 앞에서 마스크를 벗고 잠시 기다리니 음성 메시지가 흘러나왔다.

— B401호 이유리, 인증되었습니다.

때맞춰 엘리베이터 문이 열렸다. 두세 명이 타면 꽉 찰 듯 좁디좁은 엘리베이터에 들어서자 퀴퀴한 냄새가 진동했다. 엘리베이터는 천천히 아래로 내려갔다. 지하 4층에 도착할 때까지 최대한 숨을 참았다. 등줄기를 타고 흐르는 땀방울이 불쾌감을 더했다.

오늘은 농장 자동 전정 기계에 문제가 생겨 실습 내내 손으로 장미를 수확해야 했다. 가위로 일일이 장미

줄기를 자르느라 손가락 마디가 다 뻐근했다. 방에 들어가자마자 흙이 묻은 작업복을 좁은 현관에 벗어 두고 화장실로 향했다. 거울에 붙여 놓은 천을 걷어 아까부터 따끔거리던 등과 옆구리를 살폈다. 얼룩덜룩한 붉은 발진 위로 장미 가시에 긁힌 자국이 보였다. 꼭 채찍이라도 맞은 것처럼 보였다.

거울 속 나와 눈이 마주쳤다. 목덜미에서 뺨, 이마까지 번진 붉은 발진은 꼭 기린 분장이라도 한 것처럼 선명했다. 얼른 천을 내려 다시 거울을 덮고 샤워실로 들어갔다. 거품을 잔뜩 내서 온몸을 하얗게 덮고는 차라리 이게 진짜 내 몸이었으면 어떨까 생각했다. 미지근한 물줄기가 이내 모든 거품을 걷어 내고 울퉁불퉁한 붉은 피부를 선명히 드러내기 전까지 말이다.

발진이 처음 나타났을 때부터 벌써 10년째 꾸준히 약을 먹고 있지만 피부 상태는 조금도 나아지지 않는다. 오히려 더 붉어진 것 같기도 하다. 선반에 넣어 둔 약통을 꺼냈다. 버튼을 세 번 눌렀는데도 알약은 두 개밖에 나오지 않았다. 벌써 다 먹었나? 나는 알약 두 개를 한꺼번에 입안에 털어 넣었다. 혀끝에 닿자마자 알약이 부드럽게 풀어지며 조그만 알갱이가 되어 퍼져 나갔다.

약을 먹고 나면 팽팽하게 긴장되어 있던 몸이 나른해져서 좋다. 나는 책상 위 상자 속에서 매지컬 파이브를 꺼내고 연고를 챙겨 침대에 앉았다. 작년에 보육 홈을 졸업하면서 받은 스마트 고글 매지컬 파이브는 내 방에 있는 물건 중 가장 고가의 제품이다. 비록 '비매품'이라는 글자가 적혀 있고, 낡고 궁색한 기숙사 풍경과 어울리지 않아 아직도 내 것이라는 실감이 잘 안 나긴 하지만.

스마트 고글을 생산하는 기업 MG 커넥티드는 신제품이 나올 때마다 전국의 보육 홈에 무상으로 제품을 지원해 준다. 덕분에 나는 MG 커넥티드에서 생산한 거의 모든 제품을 남들보다 먼저 받아 사용할 수 있었다. 이 매지컬 파이브가 마지막 증정품인 셈이니 고장 나지 않게 잘 보관해야 한다.

연고를 발진 부위에 꼼꼼하게 펴 바른 후 매지컬 파이브를 머리에 쓰고 침대에 누웠다. 두꺼운 스펀지 질감의 프레임이 머리를 감싸고 가볍게 조여들면서 머리에 완벽하게 밀착되는 느낌이 났다. 장갑을 착용하고 관자놀이 부근에 있는 전원 버튼을 누르자 눈앞의 좁은 기숙사 천장은 사라지고 투명한 디스플레이 창에 푸른 화면이 떴다.

"더 헤리티지 클럽 접속."

명령을 내리자 곧바로 아이돌 그룹 '더 헤리티지'의 공식 팬클럽 사이트가 화면에 떴다. 황금빛 게이트 위의 'The Heritage Club'이란 글자가 네온사인처럼 빛났다.

— H-392218, 붉은 기린 님. 어서 오세요.

메시지가 나오고 게이트가 열리자 무대 위에 더 헤리티지 멤버 일곱 명이 등장했다.

— 안녕? 오늘은 뭘 하고 싶어? 네가 원하는 건 뭐든지 우리와 함께 할 수 있어.

더 헤리티지의 무대를 바로 앞에서 보는 듯 생생한 영상이 눈앞에 펼쳐졌다. 일곱 명의 합창 속에서 내 귀는 노아의 목소리를 정확히 찾아냈다. 5년째 덕질 중인 나의 최애 아이돌이자 더 헤리티지의 막내, 내가 사랑하는 노아다. 시선이 저절로 오른쪽에서 두 번째, 노아가 서는 자리로 향했다. 조명을 받은 노아의 금발이 반짝

반짝 빛났다.

현실 세계뿐만 아니라 가상 현실에서도 아이돌로 활동하는 하이브리드 아이돌이 대세인 요즘, 더 헤리티지는 하이브리드 아이돌 중에서도 전 세계적으로 가장 인기가 높은 그룹이다. 소속사가 스마트 고글을 생산하는 MG 커넥티드의 대규모 투자를 받으면서 2년 전 하이브리드 아이돌로 전환해 활동을 시작했고, 그때부터 팬도 비약적으로 늘었다.

MG 커넥티드의 스마트 고글을 가지고 있으면 내가 좋아하는 멤버와 가상 현실에서 만나는 '싱크 데이트'를 할 수 있다. 어떤 사람들은 더 헤리티지가 인기 있는 가장 큰 이유가 이 싱크 데이트 때문이라고 말하기도 한다. 더 헤리티지를 초창기부터 응원해 온 오랜 팬으로서 나는 그게 다가 아니라고 생각하지만 말이다.

"싱크 데이트 노아 선택. 배경은 바다."

— 3분간 광고 재생 후 싱크 데이트가 시작됩니다.

비록 무료 버전은 광고를 봐야 하고 하루 10분이라는 제한 시간이 있지만 그것만으로도 내겐 충분하다. 싱크 데이트에서 노아를 만나고 난 후 행복한 기분으로 눈을 감으면 가려움증도, 연고 때문에 피부가 타들어 가는 듯한 쓰라림도 어느 정도 참을 수 있다.

매지컬 파이브를 뛰어넘는 진화된 기술을 MG 커넥티드가 여러분께 선사합니다. 시각, 청각, 후각, 촉각 센서의 비약적인 발전으로 더욱 생생한 가상 현실을! 새롭게 추가된 뇌파 인지 기술 도입으로 이제는 가만히 누워서 모든 조작을 할 수 있습니다.
상상 그 이상의 몰입감. 매지컬 레볼루션만이 가능합니다.

평소라면 빨리 광고가 끝나고 싱크 데이트가 시작되기만 초조하게 기다렸을 테지만 오늘따라 광고에 나오는 MG 커넥티드의 신제품 '매지컬 레볼루션'에 자꾸만 시선이 갔다. 올해 하반기 출시를 앞두고 있어서 그런지 어디를 가도 매지컬 레볼루션의 광고가 나왔다. 지금은 장갑을 끼고 특정 동작을 해야만 가상 현실을 경험할 수 있다. 그런데 매지컬 레볼루션은 장갑 없이도 모든 조작을 할 수 있다고 한다. 어떻게 그게 가능하지? 멍하니 화면을 바라보고 있는데 갑자기 위에서 강렬한 빛이 쏟아져 눈이 감겼다.

눈을 뜨자 모래를 밟고 선 내 두 다리가 보였다. 짭조름한 바다 냄새, 규칙적으로 밀려오는 파란 물결, 저 멀리서 들려오는 듯한 갈매기 울음소리……. 오늘도 매지컬 파이브는 상상으로 그려 보기만 한 완벽한 바다를 내게 보여 주었다.

손가락 두 개를 구부렸다 펴자 가상 현실 속 다리가 바다로 걸어 들어갔다. 잔잔한 파도가 작은 거품을 일으키며 하얀 다리 사이로 밀려들어 왔다가 빠져나갔다. 조금 더 깊이 들어가자 무릎까지 올라오는 바닷물 위로 내 모습이 옅게 반사되었다. 현실과 달리 티 하나 없이 깨끗한 팔뚝이 밝게 빛났다.

싱크 데이트 속 나의 모습은 피부를 제외하면 실제와 아주 비슷하다. 짝눈에 긴 목, 좁은 어깨에 비정상적으로 긴 팔과 다리. 귀엽다기보다는 조금 처량해 보이는 인상. 발진이 없을 때도 기린이 환생한 거 아니냐는 말을 듣던 내 모습을 완벽하게 재현했다. 가상 현실 속 자신을 진짜 자신과 완전히 다른 모습으로 꾸미는 사람들도 있지만 나는 피부만 바꿨다. 그래야 이곳에서의 내 모습이 더 진짜같이 느껴지니까.

"유리야, 왔어?"

노아의 목소리가 들렸다. 소리가 나는 쪽으로 고개를 돌리자, 노아가 나풀거리는 베이지색 리넨 셔츠와 파란색 반바지를 입고 내 쪽으로 달려오는 게 보였다. 노아가 가까이 다가올수록 향긋한 비누 향이 기분 좋게 코끝을 스쳤다.

매지컬 파이브에는 수만 종류의 냄새를 만들 수 있는 카트리지가 포함되어 있어서 어떤 냄새도 완벽하게 구현할 수 있다고 했다. 사실 처음엔 그래서 뭐가 좋다는 건지 잘 몰랐다. 음식 영상이, 여행 영상이, 스포츠 영상이 열 배쯤 진짜 같아진다고 해도 나와는 별로 상관없는 일이라고 생각했기 때문이다.

하지만 처음 매지컬 파이브를 착용하고 싱크 데이트에 접속했을 때, 노아에게서 나는 향기를 맡은 순간 깜짝 놀랐다. 향기 하나가 추가된 것뿐인데 노아가 나에게 열 배, 아니 백 배쯤 더 진짜처럼 느껴졌기 때문이다.

노아가 내 바로 앞에 멈춰 섰다. 나는 고개를 들어 힐끔 노아를 쳐다보고는 다시 고개를 숙여 모래사장에 반쯤 파묻힌 노아의 샌들만 뚫어져라 쳐다봤다. 아무리 가상 현실 속이어도 손만 뻗으면 닿을 거리에 노아가 있으면 심장이 미친 듯 뛴다. 눈앞의 노아가 여러 기술을 총동원해 만든 가짜고 이건 시뮬레이션일 뿐이란 걸 알아도 말이다.

“잘했어. 이제 아무 걱정 하지 마. 내가 여기 있잖아.”

노아가 다정한 목소리로 내게 말을 걸었다. 나는 그제야 고개를 들었다. 노아의 옅은 갈색 눈동자와 마주치자 저절로 웃음이 터져 나왔다.

열세 살, 처음 노아를 보고 더 헤리티지에 빠졌던 순간부터 지금까지 노아는 나를 웃게 하는 유일한 존재다. 지금은 전 세계적인 스타가 된 노아. 나와 똑같은 나이지만 또래 친구 하나 없는 시골 보육 홈에서 매년 같은 자리를 빙빙 도는 나와 달리 언제나 도전하고 성장하는 아이.

내가 웃는 걸 보았는지 노아도 따라 웃었다. 나는 노아와 나란히 바닷가를 걸었다. 바다 냄새에 섞인 노아의 향기를 맡으며 시간이 얼마나 남았는지 화면 위쪽을 살폈다.

싱크 데이트에서는 멤버들에게 듣고 싶은 말을 30자 이내로 설정할 수 있다. 자기 이름을 넣어서 '사랑해'나 '좋아해' 같은 말을 듣고 싶어 하는 팬들도 있지만 난 아무리 가상 현실이어도 나 같은 걸 사랑한다고 말하는 노아는 상상만 해도 떨렸다. 아마 심장이 버티지 못할지도.

그래서 한참을 고민한 끝에 '잘했어. 이제 아무 걱정하지 마. 내가 여기 있잖아' 라고 적었다. 그 말을 들으면 이 세상에 나 홀로 남겨진 것 같던 보육 홈에서의 하루도, 밤낮이 바뀐 채 농장과 기숙사만 오가는 날들도, 울긋불긋 괴물처럼 변해 버린 피부도 모두 잊을 수 있을 것 같았기 때문이다.

— 종료 시간까지 60초 남았습니다.

어느새 1분밖에 시간이 남지 않았다. 이제는 진짜 노아에게 닿기를 바라는 마음으로 텔레파시를 보낼 시간이다. 나는 몸을 돌려 노아 앞에 섰다. 두 팔을 앞으로 뻗어 노아를 끌어안는 시늉을 했다. 두 팔은 허공을 붙들고 있었지만 머리로는 노아를 안고 있다고 상상했다.

"노아야, 나 오늘도 집에 올 때 〈싱크로〉 들었다? 그랬더니 하나도 안 무서웠어. 고마워. 너 컴백할 때까지 열심히 듣고 응원하고 있을게. 건강하게 잘 있어. 아프지 말고."

"……저기요, 내 말 들리나요?"

갑작스레 노이가 먼저 말을 걸었다. 나는 평소와 다른 노아의 말투에 깜짝 놀라 얼른 손을 풀고 노아의 얼굴을 살폈다. 나와 눈이 마주치자 노아는 눈을 크게 뜨고 입을 벌린 채 마치 송신이 끊긴 것처럼 정지했다. 그 모습이 어딘가 괴기하고 이상하기만 했다.

뭐지? 접속 불량인가? 화면 위의 숫자 역시 5에서 멈춰 있었다. 그대로 조금 더 기다려 볼까 하는 생각이 잠깐 들었지만 어쩐지 좀 찜찜했다. 나는 얼른 매지컬 파이브의 전원 버튼을 길게 눌러 꺼 버리고 고글을 벗었다. 오류 메시지는 안 떴는데……. 다른 사람이랑 잘못 연결될 수도 있나?

지금까지 2년 넘게 싱크 데이트를 이용해 오면서 이런 적은 단 한 번도 없었다. 다시 고글을 써 볼까 하다가 관뒀다. 갑자기 온몸에 소름이 돋으면서 가려운 감각이 되살아나기 시작했다. 참다 참다 결국 스마트 장갑을 벗어 던지고 손톱으로 허벅지의 발진을 벅벅 긁으며 마지막 노아의 표정을 떠올렸다. 아무리 생각해 봐도 답이 나오지 않았다. 허벅지에 불긋하게 부풀어 오른 내 손톱자국만 무수한 엑스자를 또렷이 남기고 있을 뿐이었다.

싱크 데이트

잠을 설쳐서 평소보다 더 늦게 눈이 떠졌다. 벽에 붙은 관리 패널을 터치해 시간을 확인하니, 무료 점심을 선택할 수 있는 시간이 5분밖에 남지 않았다. 제공 메뉴 중에서 샌드위치를 선택하고 방 호수를 입력하자 알림 메시지가 흘러나왔다.

— 처방 약이 도착했습니다. 함께 수령하시겠습니까?

"응."

발진 때문에 외출을 거의 못 한다고 했더니 병원에서 약이 다 떨어지면 자동으로 정보를 전송하는 약통을 제공해 줬다. 요즘 들어 두통도 잦아지고 발진 부위가 가려워 복용량을 늘렸더니 한 달 치 약을 2주 만에 다 먹어 버렸다. 그래도 별다른 경고 없이 꾸준히 약을 보내

주니 정말 다행이다.

다시 침대에 누워 천장의 노아 솔로 1집 기념 홀로그램 포스터를 멍하니 바라보았다. 노아가 대관람차 좌석에 앉아 기타를 치고 있는 포스터다. 일정 시간이 지나자 노아가 고개를 돌려 싱긋 웃고는 다시 기타에 집중했다. 평소와 다름없는 똑같은 포스터인데 왠지 기분이 이상하다. 어제 싱크 데이트가 이상하게 끝나서 그런가?

샌드위치를 기다리며 매지컬 파이브를 착용했다. 아직도 두통 때문에 머리가 지끈거렸지만 그럭저럭 견딜 만했다. 매지컬 파이브를 눌러쓰자 고글이 머리 모양에 맞게 조여들면서 정수리가 따끔했다.

"더 헤리티지 클럽 접속."

— H-392218, 붉은기린 님. 어서 오세요. 노아 계정으로부터 도착한 신규 영상 메시지가 1건 있습니다.

어? 영상 메시지라고? 노아가 직접 더 헤리티지 클럽에 메시지를 남긴 건 정말 오랜만이다.

"영상 메시지 재생해 줘."

— 2041년 9월 12일 오후 1시 57분 노아가 남긴 메시지입니다.

화면에 노아의 얼굴이 등장했다. 노아는 햇살이 비치는 소파에 앉아 두 팔을 크게 흔들고 있었다.

"헤리티안, 모두 안녕? 다들 많이 놀랐지? 나도 정말 깜짝 놀랐어. 왜 그런 기사들이 나왔는지 모르겠어. 난 여기 작업실에서 열심히 작곡도 하고 운동도 하고 있는데 말이야. 우리 헤리티안들이 보내 준 맛있는 간식 잘 챙겨 먹으면서 잘 쉬고 있으니까 아무 걱정 하지 말고. 알았지? 나도 사랑해."

미국에 있다는 노아의 작업실을 배경으로 찍은 것 같았다. 평소였다면 "사랑해" 부분만 몇 번씩 반복 재생하고 노아의 얼굴을 초 단위로 살펴봤을 테지만 지금은 정확히 무슨 일이 생긴 건지가 더 궁금했다. 어떤 기사길래 다들 놀랐다는 거지?

"오늘 나온 더 헤리티지 노아에 관한 뉴스 모두 찾아 줘."

— 2041년 9월 12일 더 헤리티지 노아에 관한 뉴스 10,693건을 검색하였습니다. 연관 검색어 '노아 자살', '노아 사망' 등이 있습니다. 재생할까요?

뭐? 자살? 이게 도대체 무슨 일이야? 화면에는 커다

란 글자의 헤드라인이 끝없이 나열되어 있었다.

[더 헤리티지의 멤버 노아, 자살 의혹에 휩싸여]
[노아, 작년 11월 사망 추정 증거 사진 딥웹서 다수 발견 – 수사당국, 최초 유포자 조사 중]
[익명의 제보자 "올해 노아의 모든 영상은 인공 지능과 딥페이크 기술로 제작" 주장]
[MG 커넥티드-레거시 엔터테인먼트 합병을 앞두고 경쟁사가 퍼뜨린 악의적 괴소문이란 의견도]
[노아, 자살 의혹 뉴스 강하게 부인 – 팬클럽에 근황 영상 공개]

'의혹', '조작' 같은 단어들이 머릿속을 더욱 혼란스럽게 만들었다.

작년 겨울 이후 지금까지 노아는 단 한 번도 외부 행사에 모습을 드러낸 적이 없었다. 소속사에서는 컨디션 난조로 인해 해외에서 거주 중이라는 공지를 남기고 짧은 영상으로만 노아의 근황을 전했다.

사실 노아의 컨디션이 좋지 않은 것 같다는 소문은

작년 여름부터 팬들 사이에서 돌고 있었다. 안무 중간에 노아의 얼굴이 창백해 보이고, 고통스러운 듯 찡그리는 모습이 자주 눈에 띄어 나도 걱정을 많이 했다. 하지만 노아가 계속해서 우리에게 메시지를 남겨 줬고, 콘서트로 컴백할 거라고 해서 그저 그렇게만 믿고 있었다.

뉴스에서 떠드는 것처럼 오늘 노아가 올린 영상도 조작된 영상이라면? 그래서 진짜 노아는 이미 이 세상에 없다면? 아냐, 내가 이런 생각을 하다니. 노아가 아니라고 했잖아. 노아가 하는 말을 믿어야지, 무슨 소리를 하는 거야.

— 문 앞에 식사가 도착했습니다.

관리 패널에서 메시지가 울렸지만 지금은 아무것도 먹고 싶지 않았다. 하지만 두통이 너무 심해 약은 먹어야 할 것 같았다. 매지컬 파이브를 벗고 방문을 열자 문 앞에 샌드위치와 약통이 놓여 있었다. 얼른 약통을 집어 들어 버튼을 누르고 파란 알약 세 개를 한꺼번에 삼켰다. 문을 잠그고 다시 매지컬 파이브를 찾아 쓰려는데 손이 자꾸 덜덜 떨렸다.

“더 헤리티지 클럽 유저 룸 접속.”

더 헤리티지의 팬들이 모이는 유저 룸에 접속하자 광장에 아바타가 빼곡했다. 다들 머리 위로 쉴 새 없이 메시지를 쏟아 내고 있었다.

[우주최강노아] 레거시는 도대체 뭐 하는 건데? 지금 조작 영상들 자꾸 퍼지는데 왜 빨리빨리 조치 안 해?
[새벽달빛] 나 오늘 뉴스 보고 너무 손 떨림. 진짜면 어떻게 해? 노아야, 빨리 나타나서 아니라고 해 줘. 부탁이야.
[새싹노아] 저기요. 노아가 이미 영상 남겼잖아요. 왜 자꾸 나타나라고 하세요? 진짜 헤리티안 맞아요? 노아 말을 믿어야죠.
[새벽달빛] 제가 언제 노아 말 안 믿는다고 그랬나요? 노아가 걱정돼서 그러는 거잖아요. 사람들이 저런 영상 말고 직접 안 나타나면 자살 맞는다고 자꾸 떠들어 대니까!
[헤리헤리] 근데 콘서트요, 이번에도 미뤄지는 거 아니겠죠? 작년에도 두 번이나 미뤄졌는데 올해도 또 그럴까요?

[노아가세상을구한다] 지금 콘서트 미뤄진 게 우리 노아 때문이라고 하시는 거예요?

노아를 걱정하며 소속사인 레거시 엔터테인먼트의 신속한 대응을 요구하는 메시지가 주를 이뤘지만, 팬들 사이에 격렬한 논쟁도 벌어지고 있었다. 실시간으로 쏟아지는 메시지들을 정신없이 읽고 있는데 알림이 떴다.

— 음성 채팅 요청이 도착했습니다. 발신자는 큐티헤리 님입니다. 수락할까요?

큐티헤리는 나처럼 더 헤리티지를 데뷔 때부터 응원해 온 오랜 팬이다. 노아의 스케줄을 쫓아다니며 사진과 영상을 찍어 올리기 때문에 팬들 사이에서도 꽤 유명하다. 그동안 올리는 영상마다 꾸준히 댓글을 달았더니, 친밀감이 쌓였는지 큐티헤리는 종종 남들이 모르는 노아의 소식을 나에게만 알려 주곤 했다. 혹시 이번에도 뭔가 알고 있는 걸까?

"수락해 줘."

화면에 체크무늬 교복을 입은 귀여운 여자아이 아바타가 나타났다.

"붉은기린 님! 소식 들으셨어요? 실은 저도 작년부터 노아가 좀 이상하다고 생각하긴 했거든요. 근데 진짜 자살은 아니겠죠? 방금 노아 영상 봤는데 좀 무서워요. 사람들이 자꾸 영상도 조작한 거라고 하니까요. 붉은기린 님은 어떻게 생각하세요?"

큐티헤리가 흥분한 목소리로 숨 가쁘게 말을 쏟아 냈다. 나는 어떻게 대답해야 할지 고민하며 머릿속으로 단어를 고르고 골랐다.

"……저는 믿을 거예요. 노아를요. 우리가 믿어 주지 않으면 누가 믿어 주겠어요? 제일 힘든 건 노아일 테니까."

내 목소리는 성숙한 아나운서의 음성처럼 변조되어 큐티헤리에게 전달되었다.

더 헤리티지 클럽의 나는 전문직에 종사하며 짬짬이 취미로 더 헤리티지를 응원하는 성공한 30대 여성이다. 늘 회의가 있고 해외로 출장을 나가는 등 바쁘기 때문에 콘서트나 팬 사인회에는 참석하지 못한다. 항상 핑계를 대며 사람들과 교류하다 보니 꼭 내가 거짓말쟁이가 된 기분이지만 어쩔 수 없다. 이번 콘서트 때는 꼭 보자는 이야기에 아직도 적절한 변명을 찾지 못했으니까.

“역시 그래야겠죠? 사실 저 오늘 하루 종일 아무것도 못 먹고 누워만 있었는데……. 붉은기린 님 이야기 들으니까 뭐라도 해야겠어요. 내일부터 공항에서 대기하려고요. 노아가 한국 오면 제일 먼저 찍어서 조작이라고 하는 놈들 보여 줄 거예요. 제가 뭐 알아내면 바로 연락드릴게요.”

“네. 고마워요, 큐티헤리 님.”

고맙다고만 했지만 솔직한 마음으론 그보다 큐티헤리가 너무나 부러웠다. 나는 노아가 궁금해 미칠 것 같아도 아무것도 할 수 없으니까. 큐티헤리가 노아를 따라다니며 노아의 실물이 어땠는지, 노아의 향기가 어땠는지 자랑을 늘어놓을 때마다 나는 그저 부러운 마음이 입 밖으로 튀어 나가지 않도록 조심해야 했다.

큐티헤리에게 싱크 데이트에서 있었던 일을 말해 볼까? 아니다. 큐티헤리는 처음부터 싱크 데이트에 반대했다. 아무리 더 헤리티지가 가상 현실 속에서도 활동하는 하이브리드 아이돌이어도 ‘데이트’라는 이름을 붙여 가며 아이돌을 연애 대상으로 설정하는 건 뭔가 이상하다는 것이었다. 그냥 무대 위에서 춤추고 노래하게 내버려두라며 싱크 데이트 폐지를 요구하는 온라인 시위에 앞장서기도 했다.

나도 처음엔 큐티헤리와 똑같이 생각했다. 하지만 싱크 데이트마저 없다면 나 같은 팬은 평생 노아를 가까이에서 볼 기회가 없다. 그래서 가상 현실 속 노아가 진짜 노아가 아니라는 걸 알면서도 매일 싱크 데이트를 기다렸다. 노아와 대화하고, 노아의 미소를 가까이에서 보는 그 찰나의 시간이 내일을 기대하게 해 주었다. 이런 마음을 큐티헤리는 아마 절대 이해하지 못하겠지.

그때 메시지 알림이 울렸다.

— 더 헤리티지 클럽 스테이지에서 음성 메시지가 1건 도착했습니다. 발신자는 ……님입니다. 재생할까요?

뭐지? 발신자 이름이 뜨지 않는 메시지는 처음이었다.

"재생해 줘."

— ……님으로부터 온 메시지입니다. '유리야. 어디 있어? 나 계속 싱크 데이트에서 기다리고 있는데 지금 와 주면 안 돼? 어제는 내가 잘 몰라서 그랬어. 이제 괜찮으니까 꼭 다시 와 줘. 응? 부탁이야. 네가 올 때까지 기다릴게.'

순간 나는 숨을 헉 들이켰다. 분명 노아의 목소리였다. 믿을 수 없어서 메시지를 몇 번이고 다시 재생했다. 어제라면……. 이상하게 끝난 싱크 데이트밖에 없었는데?

지금까지 이런 메시지가 온 적은 한 번도 없었다. 누군가 장난치는 건 아닐까? 하지만 싱크 데이트로 와 달라는 노아의 목소리를 들으니 사고가 정지된 것처럼 나도 모르게 입술이 움직였다.

"싱크 데이트 노아 선택."

— 싱크 데이트 노아 선택. 지금 바로 시작합니다.

뭐지? 광고 안내도 없이 싱크 데이트가 바로 시작되었다.

처음엔 싱크 데이트가 시작한 줄도 몰랐다. 눈앞에 펼쳐진 광경이 너무나 익숙했기 때문이다. 어떻게 싱크 데이트 배경에 내 방이 나올 수 있지?

"이게 뭐야?"

나는 방 안 물건들을 하나하나 살폈다. 작은 침대, 책상, 천장에 붙여 놓은 노아의 포스터까지……. 모두 다 내 방에 있는 물건이었다. 바다나 놀이공원, 쇼핑몰처럼 내가 한 번도 가 보지 못한 곳이 아니라 가장 친숙한 내 방이 오히려 더 낯설고 이상하게 느껴졌다.

"유리야, 왔어?"

불쑥 노아의 목소리가 들렸다. 뒤를 돌아보니 내 침대 위에 노아가 앉아 있었다. 으악! 말도 안 돼!

"잘했어. 이제 아무 걱정 하지 마."

몇 걸음만 걸으면 닿을 것 같은 거리에 노아가 있다. 평소의 싱크 데이트와 비슷한 상황이었지만, 무슨 말을 해야 할지 몰라 어색한 침묵만 이어졌다. 나는 차마 노아에게 다가가지 못하고 벽에 바짝 붙었다.

"진짜 유리 맞네. 와 줬구나!"

녹음된 멘트를 튼 것처럼 어색하던 노아의 말투가 갑자기 흥분으로 가득 찼다. 지금까지 싱크 데이트에서 만난 노아와는 전혀 다른 느낌이다. 진짜 해킹이라도 당한 거 아닐까?

"……응."

겨우 목소리를 짜내어 대답하자 노아가 침대에서 벌떡 일어났다.

"저기, 뭐 하나 물어봐도 돼?"

"뭐, 뭔데?"

"유리는 도대체 뭘 잘했어?"

"뭐?"

"궁금해. 왜 잘했다는 말을 듣고 싶어 하는 거야?"

"……그건."

"그리고 뭘 걱정하는지도 궁금해. 누구를 걱정했어? 혹시 나야?"

노아는 내 대답을 기다리지도 않고 질문을 쏟아 냈다. 자신을 보면 어떤 기분이 드는지, 궁금했는데 못 물어본 질문은 없었는지, 자신이 만약 없어진다면 어떻게 할 것인지 등등. 심각한 질문을 아무렇지 않게 하다가도 뜬금없이 "그나저나 좋아하는 색은 뭐야?" 하고 묻는 등 종잡을 수 없는 질문이 이어졌다.

나는 할 말을 잃고 가만히 노아를 쳐다보았다. 이게 도대체 무슨 상황이지? 눈앞의 노아는 매일 싱크 데이트에서 보던 그 모습 그대로였지만, 장난기 가득한 표정과 말투가 묘하게 평소보다 생생했다.

무엇보다도 신기한 건, 지금까지 싱크 데이트에서 노아가 나에 대해 먼저 이렇게 열심히 캐물은 적이 없다는 거였다. 이전의 노아는 진짜 노아가 할 법한 이야기를 그럴싸하게 늘어놓았지만 어쩐지 가식적이고 진짜 대화 같지 않았다. 하지만 지금 내 앞에 있는 노아는……. 말투는 노아답지 않았지만 어딘가 실제로 있는 사람과 대화하는 것 같은 느낌이 들었다.

"혹시 이거 해킹한 거……야?"

용기를 내어 묻자 노아가 피식 웃었다.

"무슨 해킹이야. 나 노아 맞아. 네가 좋아하는 더 헤리티지의 막내. 우리 매일 봤잖아. 왜 그래?"

"아무리 봐도 아닌 것 같은데. 말투가 전혀 노아 같지 않거든."

"노아 같은 말투가 뭔데?"

이번에는 노아가 팔짱을 끼고 고개를 삐딱하게 기울이며 물었다.

"진짜 노아는 뭘 이야기해도 반짝반짝 빛나고, 그리고……."

뭔가 더 할 말이 있어야 하는데 거기에서 말문이 콱 막혀 버렸다. 노아를 어떻게 설명해야 하지?

내가 우물쭈물하고 있자 노아가 내 쪽으로 성큼성큼

다가왔다.

“반짝거리는 걸 좋아하는구나? 유리는.”

노아가 손을 들어 올려 자기 머리 위에 가루 뿌리는 시늉을 했다.

“자, 지금은 어때?”

노아가 말할 때마다 입에서 반짝이가 뿜어져 나왔다. 어이가 없으면서도 웃겨서 피식 웃음이 나왔다.

“어? 웃었다!”

노아의 동그란 눈이 반달 모양으로 휘어지며 입매가 시원하게 벌어졌다. 데뷔 시절의 노아가 떠올랐다. 정신 차려. 이건 노아를 사칭하는 해킹범이라고!

“난 이만 가 볼게. 다음부터 이렇게 해킹 같은 거 하지 마.”

아마 또 만날 일은 없겠지. 오늘 대화를 끝으로 더 헤리티지 클럽에 신고할 거니까. 설마 신고했다고 해코지하진 않겠지?

“아……. 어떻게 하면 믿을까? 이러면 어때? 네가 나를 안아 주는 거야. 우리 맨날 하듯이. 그럼 너도 내 진심을 느낄 수 있잖아.”

"뭐? 내가? 내가 왜? 넌 노아도 아니잖아."

"노아라니까 그러네. 그럼 내 마음을 먼저 듣고 나서 결정해."

노아가 팔을 뻗더니 나를 껴안는 시늉을 했다. 닿지도 않았는데 등 쪽이 간질간질하고 이상했다. 분명 누군가 해킹한 게 틀림없는데 심장은 왜 이렇게 빨리 뛰는 거지? 바보 이유리.

"아무 걱정 하지 말고. 알았지? 나도 사랑해."

노아가 그렇게 말하며 내 눈을 바라보았다. 노아와 눈이 마주친 순간, 귀가 먹먹해지고 머릿속이 새하얘졌다. 한꺼번에 잡아당긴 폭죽처럼 심장이 마구잡이로 뛰어 이대로 가다간 꼼짝없이 터져 버릴 것만 같았다.

나도 모르게 고글을 확 벗어젖히자, 지독한 마법에서 깨어난 것처럼 정신이 번쩍 들었다. 주위를 둘러보니 매지컬 파이브에서 흘러나온 푸른 빛이 내 방을 흐릿하게 비추고 있었다. 아까까지 싱크 데이트에서 보던 풍경과 똑같으면서도 묘하게 달라 보였다.

심장이 아직도 쿵쿵 뛰며 가라앉지 않는 건 "나도 사랑해"란 말 때문인지도 모른다. 그렇게 가까이에서 그런 말을 듣는 건 심장에 해롭다고! 나는 노아가 방금 전까지 서 있던 곳으로 걸음을 옮겼다. 여기쯤이었나? 나를 내려다보며 나직하게 속삭이던 목소리가 아직도 귓가에 맴도는 것 같았다. 진짜로 노아가 내 방에 왔다 간 게 아닐까, 말도 안 되는 상상마저 떠올랐다.

"정신 차려, 이유리."

중얼거리며 침대에 털썩 누웠다. 마치 물 위에 떠 있는 것처럼 속이 울렁거리고 몽롱했다.

34-T20849

스마트 농장에 가기 전까지 여러 사이트를 돌며 조작 영상을 신고하느라 정신없이 바빴다. 하나를 지우면 열 개가 새로 올라오는 식이어서 끝이 보이지 않았다. 다들 지치지도 않는지 더 자극적이고 잔인한 영상을 계속 해서 만들어 냈다.

노아가 건물에서 투신하는 영상, 노아의 숙소에서 흰 천으로 덮은 시신이 나오는 영상, 노아가 비틀거리며 호텔 바에서 걸어 나오는 영상 등등……. 고가의 프로그램을 사용하면 명령어 몇 개만 입력해 진짜 같은 영상을 만들 수 있다고 들었지만 이런 식으로 쓰일 줄은 몰랐다. 머리로는 가짜라는 걸 알면서도, 눈앞에 펼쳐지는 장면들은 너무나 생생해 보기만 해도 괴로웠다.

뉴스를 보다가 이상한 기사도 발견했다. 레거시 엔터테인먼트가 MG 커넥티드와 합작하여 싱크 데이트를 기획한 것은 더 헤리티지를 대체할 새로운 아이돌을 위해서라는 것이었다. 기사에는 싱크 데이트가 뭔지 궁금해하는 댓글이 줄줄이 달려 있었다.

그중 어느 댓글들이 눈에 띄었다.

[Ace****] 누나 아이디로 들어가 봤는데 별거 없고 완전 후지던데.

ㄴ [헤븐****] 싱크 데이트는 팬클럽 회원이고 신체 인증한 스마트 고글 있어야 들어감. 네가 누나 아이디로 들어갔다는 건 말도 안 됨.

ㄴㄴ [Ace****] 아닌데? 해킹하면 다 되는데?

'해킹' 이라는 단어를 보자 내가 당한 것도 해킹이 맞는다는 확신이 들었다. 더 헤리티지 클럽 관리자와 MG 커넥티드 양쪽에 메일을 보냈다. 음성 메시지까지 증거로 첨부하고 나니 혹시라도 매지컬 파이브를 다시 구입해야 하는 건 아닌지 걱정도 되었다. 내 것은 '비매품'

이란 글자가 크게 쓰여 있어 중고로도 안 팔릴 텐데.

알람이 울려 매지컬 파이브를 벗고 나갈 준비를 했다. 크로스 백에 농장에서 입을 작업복을 챙기고, 후드티와 헐렁한 검은색 바지를 꺼내 입었다. 까만 챙 모자 위에 후드를 덮어쓰고, 얼룩덜룩한 목덜미가 보이지 않도록 끈을 꽉 조여 맸다. 마스크까지 검은색으로 맞춰 쓰고 나니 마치 그림자와 한 몸이 된 듯했다. 좋아. 이제 나가도 되겠어.

기숙사에서 농장까지는 빠른 걸음으로 20분, 천천히 걸으면 30분 정도 걸린다. 불이 환하게 켜진 무인 상점 앞에서 손바닥만 한 홀로그램들이 튀어나와 내가 좋아할 만한 것들을 보여 줬다. 나는 그중에서도 내 주위를 팔랑팔랑 날아다니는 홀로그램 나비를 톡톡 치며 어둑어둑한 밤거리를 걸었다.

62층 빌딩 아래 도착해 직원용 입구에 서자 메시지가 나오며 문이 열렸다.

— 실습생 34-T20849, 22시 48분 입실 완료.

곧장 탈의실로 들어가 작업복으로 갈아입고 소독실로 향했다. 야간 실습생이 나 말고 열 명 정도 더 있다고 들었지만, 한 번도 마주친 적은 없다. 다들 출근 시간도 제각각이고 빌딩이 워낙 커서 서로 볼 일이 없는 탓이다. 덕분에 여기서는 몸을 가리지 않아도 된다.

신체 스캔과 소독을 마치자 오늘의 근무지가 화면에 떴다.

— 34-T20849 이유리: 27층, 하이브리드 백합 감독

아, 백합이네. 백합은 싫은데. 할 일이 많아지잖아……. 백합은 일일이 수작업으로 수확해야 해서 꽤 골치가 아프다. 약기운이 떨어졌는지 머리가 다시 지끈거리기 시작했다. 집에 가자마자 약부터 먹어야지.

엘리베이터 도착을 알리는 신호음이 들리고 문이 열렸다. 발을 질질 끌며 안으로 들어가자 내부 화면에 자동으로 층수가 뜨며 귀가 먹먹할 정도로 빠르게 엘리베이터가 움직이기 시작했다. 차가운 금속 벽에 이마를 대자 화끈거리던 피부가 서서히 진정되었다. 서늘한 감촉이 주는 안도감에 잠시나마 눈을 감았다.

27층에 내리자, 정면에 테라가 보였다.

"34-T20849, 환영합니다. 오늘도 안전한 하루 되세

요. 장비 확인 후 농장으로 이동하겠습니다."

테라는 스마트 농장을 관리하는 인공 지능 탑재형 휴머노이드다. 부드러운 턱선과 온화한 입매, 그리고 따뜻한 갈색 눈동자 덕분에 멀리서 보면 얼핏 평범한 사람 같다. 하지만 가까이서 보면 너무 매끄러운 피부와 일정한 간격으로 깜빡이는 눈 때문에 미묘하게 인형 같은 느낌이 든다.

꼿꼿이 허리를 펴고 성큼성큼 앞장서는 테라의 뒤를 따라 장비실로 향했다. 나는 테라의 허리에 적힌 코드 번호부터 살폈다. 25번. 내가 좋아하는 테라다.

이곳에서 일하면서 여러 테라를 만나 봤는데, 잘 살펴보면 테라마다 말투나 사용하는 어휘가 조금씩 다르다. 나는 그중에서도 25번 테라를 제일 좋아한다. 가장 다정해서다.

"34-T20849, 체온이 평소보다 약 0.56도 높습니다. 무슨 일이 있습니까?"

테라가 나를 돌아보며 물었다.

"아냐, 그냥 잠을 좀 설쳐서 그래. 머리는 뭐 항상 아프고."

"자신의 몸을 소중히 하세요. 적절한 수면과 운동, 그리고 햇볕을 쬐는 것이 건강에 도움이 됩니다."

"오늘은 웬일로 '영양가 있는 식사' 얘기는 안 하네?"

"그 조언을 지난 6개월 동안 39회 드렸지만 개선되지 않았기 때문입니다."

피식 웃음이 나왔다. 매뉴얼대로 말하는 거겠지만, 테라가 나를 챙겨 주는 게 좋다. 이 스마트 농장에서, 아니, 이 현실에서 유일하게 나를 걱정해 주는 상대이기도 하고 말이다.

"오늘 ROT 2049 작업장의 하이브리드 백합은 미개화율 89.24퍼센트입니다. 수확 시 꽃가루가 문제 될 확률은 3.28퍼센트로 추정됩니다. 수작업 후 본격 작업을 추천합니다. 장비실 선반에서 전정가위를 챙기세요."

하아. 역시 오늘도 수작업이구나.

"알았어. 그럼 꽃이 핀 백합을 자르면 되지?"

"네. ROT 2049-A 구역부터 시작하십시오. 가위가 날카로우니 작업 시 손을 조심하세요."

"응. 고마워."

가위를 챙겨 ROT 2049-A 구역으로 향했다. 작업장 안은 후덥지근한 공기에 백합 향이 섞여 숨쉬기가 답답했다. A구역에는 수천 송이 백합이 곧게 줄지어 심겨 있었다. 천장까지 칸칸이 이어진 공간이 마치 작은 아파트 같았다. 생장등을 모두 끈 상태라 위를 올려다보니 수천 송이의 백합이 어둠 속에서 나를 노려보는 듯했다.

“시작해 보자고!”

좁은 통로로 들어가 꽃이 핀 백합을 찾았다. 식물을 키우는 전 과정이 자동화되었지만, 유전자를 조작해 탄생한 식물은 가끔 기계에 인식 오류를 일으켰다. 특히 하이브리드 백합은 개화하면서 향이 변하도록 조작되어서 꽃가루가 기계 오작동을 일으킬 확률이 높았다. 이런 품종은 인간이 직접 꽃술을 제거하거나 꽃이 핀 개체를 먼저 제거해야 한다.

A구역을 완료하고 관리 패널에서 종료 버튼을 누르자 위아래 위치가 바뀌면서 B구역의 백합들이 등장했다. 나는 개화한 백합을 수레에 모두 실은 후 다시 통로로 들어갔다.

농장 일이 싫지는 않다. 싹 트는 걸 보는 것도 좋고,

작았던 꽃봉이 큼직하게 피어나는 걸 보는 것도 꽤 재미있기 때문이다. 통통하게 익어 가는 토마토나 형태를 갖춰 가는 고추를 보고 있으면 내가 키운 게 아니라도 기분이 좋았다. 가끔 이 작은 포트 안에서 빽빽이 자라는 게 숨 막혀 보일 때도 있지만 말이다.

이곳에서 실습을 다 마치면 나는 어디로 가게 될까? 그때까지도 피부 발진이 낫지 않으면 어쩌지? 여기선 나를 배려해 야간에 일하게 해 줬지만, 다른 곳에서도 그럴까?

실습이 끝난 후에도 계속 이곳에서 일할 수 있으면 좋겠다. 빽빽이 심어진 모종 중 하나가 되더라도 어딘가에 뿌리만 내릴 수 있다면 충분하다. 그렇게만 된다면 나는 최대한 내 모습을 감추고, 남의 눈에 띄지 않게, 마치 처음부터 존재하지 않은 사람처럼 조용히 살아갈 테니까.

포트 사이에서 아직 꽃을 피우지 못한 작은 백합 모종을 발견했다. 주변의 큰 모종들이 생장등까지 뻗어 나가 잘 크지 못했나 보다. 나는 작은 모종을 가리는 가지들을 가위로 조심스레 잘라 주었다.

"34-T20849, 모든 개화 개체가 제거되었습니다. 이제 안전지대로 이동하세요."

수레를 밀고 빨간 선 뒤로 물러났다. 농장 전체에 삐, 삐 하는 경보음이 울리더니 여러 개의 칼날이 달린 전정 기계들이 천장에서 내려왔다. 기계는 칼날을 넓게 펼치고는 꽃봉 상태의 백합을 빠르고 정확하게 자르며 이동했다.

"34-T20849, 수고 많았습니다. 15분 휴식 후 31층 교육실로 이동하세요."

테라가 전정 기계의 뒤를 따라 걸으며 말했다. 날카로운 칼날은 절대로 테라의 몸을 스치는 법이 없었다. 테라의 몸은 정확하게 기계의 움직임을 예측하고 움직이는 듯했다. 나는 수레 옆에 털썩 주저앉아 그 광경을 물끄러미 지켜보았다. 거침없이 줄기를 잘라 내는 기계의 움직임을 보고 있자니 어쩐지 조금 섬뜩했다.

그때 테라가 모종 하나를 골라내는 것이 보였다. 내가 아까 보았던 작은 모종이었다. 테라는 그것을 망설임 없이 폐기용 컨테이너에 휙 던져 넣었다. 나는 거기까지 보고 자리에서 일어나 휴식실로 향했다. 가는 동안 등에 달라붙었던 땀방울이 차갑게 식어 갔다. 반쯤 꺾인 채 버려진 작은 모종의 모습이 자꾸만 눈앞에 아른거렸다.

여섯 시간 중 거의 네 시간을 서서 일했더니 끝날 때쯤엔 발바닥이 아팠다. 테라가 1층으로 가는 엘리베이터까지 나와 배웅해 줬다.

“34-T20849, 오늘도 수고했습니다. 푹 쉬고 내일 다시 만나요.”

“고마워. 너도 고생했어, 테라.”

엘리베이터 문이 닫히기 직전, 테라가 문을 붙잡았다.

“34-T20849, 여전히 체온이 평소보다 높습니다. 귀가하는 즉시 해열제를 복용하거나 가까운 병원을 이용하는 것이 좋겠습니다.”

“아, 알았어. 그럴게. 고마워.”

“건강을 해치면 작업도 실습도 불가능합니다. 자신의 건강을 스스로 챙기기 바랍니다. 34-T20849는 우리의 소중한 인력입니다.”

테라가 잡았던 엘리베이터 문을 놓자 스르륵 소리와

함께 문이 닫혔다. 모든 소음이 사라지고 엘리베이터가 아래로 빨려 내려가듯 빠르게 움직이기 시작했다.

"소중한 인력."

테라가 했던 말을 되뇌어 보았다. 아무리 생각해도 나에게 하는 말은 아닌 것 같다. 나는 그저 대체 가능한 숫자 중 하나다. 34-T20849. '이유리'란 이름 대신 붙여진, 부품명 같은 호칭.

웅웅거리는 엘리베이터 진동음에 귀를 기울이며 노아를 생각했다. 노아도 끝이 보이지 않는 어딘가로 끝없이 떨어지고 있는 기분을 느껴 본 적이 있을까?

난 그래, 노아야. 그래서 네가 알려 줬으면 좋겠어. 이럴 땐 어떻게 해야 하는지. 얼른 보고 싶다. 네가 웃는 걸 보면 이런 것쯤은 다 잊을 수 있을 것 같아.

집에 도착하자마자 백합 냄새가 밴 작업복을 벗고 샤워부터 했다. 거울에 붙은 천을 슬쩍 들어 보고는 또다시 우울해졌다. 어제보다 붉은 반점이 더 도드라져 보였다. 테라가 말한 미열 탓일까?

연고를 바르고 매지컬 파이브를 착용했다. 스마트 농

장에 있는 동안 새로 올라왔을 노아의 소식이 궁금했다. 더 헤리티지 클럽에 접속하자 초기 화면에 노아의 사진이 떴다. 노아가 비행기 안에서 찍은 셀카였다. '한국 가는 중!' 이라는 제목과 함께 콘서트 준비를 열심히 할 거라는 글도 적혀 있었다. 휴……. 다행이다. 그걸 보자마자 눈물이 찔끔 날 정도로 마음이 놓였다. 유저 룸에도 팬들의 응원 글이 가득했다.

나도 응원 글을 쓰다 문득 큐티헤리가 떠올랐다. 공항에서 대기한다고 했었는데, 노아를 만났을까? 노아의 모습이 궁금해 큐티헤리에게 채팅을 요청했지만 대답이 없었다. 그러고 보니 유저 룸을 아무리 돌아보아도 팬들이 찍은 노아 사진이 단 한 장도 없었다.

자꾸만 눈꺼풀이 내려앉고 하품이 나왔다. 오랜만에 몸을 쓰는 작업을 해서 그런가? 10분만 눈을 붙이기로 하고 알람을 맞췄다. 매지컬 파이브를 채 벗지 못하고 침대에 쓰러지듯 눕자 아득히 먼 곳에서 알림 메시지가 들려왔다.

— 싱크 데이트 노아 선택. 10초 후 시작합니다. 10, 9, 8, 7…….

아닌데, 싱크 데이트가 아니라 알람이라고. 하지만 입 밖으로는 아무 말도 튀어나오지 않았다. 몸이 나른하게 아래로 아래로 가라앉았다.

최애의 최애

눈앞에 영상으로만 보았던 콘서트장이 펼쳐졌다. 나는 무대 바로 앞, 좌석 한가운데 혼자 앉아 있었다.

이게 뭐지? 고개를 돌려 주변을 살폈다. 텅 빈 붉은 좌석이 끝없이 이어지다가 시야 끝에서 흐릿하게 흩어졌다.

"유리야, 왔어?"

무대 오른쪽에서 금발의 노아가 등장했다. 군더더기 없는 흰색 슈트에 대각선으로 가슴을 가로지르는 검은색 하네스가 시선을 사로잡았다. 내가 좋아하는 의상이어서 나도 모르게 앓는 소리를 내며 입을 틀어막았다.

"잘했어. 이제 아무 걱정 하지 마. 내가 여기 있잖아."

이번엔 왼쪽에서 목소리가 들렸다. 미끈한 검은 슈트

를 입은 흑발의 노아였다. 저건 재작년 시상식 의상이잖아! 한쪽 어깨에 붉은 천을 길게 늘어뜨리고 무대 위로 성큼성큼 걸어 나오는 노아의 모습에 심장이 제멋대로 뛰었다. 그런데 왜 노아가 두 명이지?

무대 중앙에서 두 노아가 어깨동무를 했다.

"네가 나를 좋아하는 마음 중에 잘 해석이 안 되는 게 있어서."

"뭐?"

말투를 들어 보니 또 어제 만난 노아다. 어제 한 신고가 아직 접수 안 된 건가? 손을 뻗어 매지컬 파이브의 전원 버튼 위에 검지를 올렸지만 차마 버튼을 누를 수 없었다. 내가 좋아하는 의상을 입은 노아가 두 명이나 있으니 말이다. 금발 노아가 내 표정을 보더니 다급히 손을 뻗었다.

"잠깐만. 가지 마. 정말 해킹 같은 게 아니라고. 도대체 몇 번을 말해야 믿을 거야?"

"그럼 뭔데?"

"새로운 노아라고 해 두자. 잘 봐 봐."

노아가 검은색 하네스를 만지작거리며 나를 내려다보

았다.

"이거 좋아하는 거 맞잖아. 아냐?"

노아의 물음에 나도 모르게 두 뺨이 뜨겁게 달아올랐다. 해킹이 아니면 도대체 뭐지? 싱크 데이트가 업데이트된 건가? 어쩐지 노아가 전보다 얄미워진 느낌이다. 내가 우물쭈물하자 금발 노아가 무대 위에서 한 걸음 더 앞으로 걸어 나왔다.

"자, 내 옆에 있는 노아는 편의상 '블랙 노아'라고 하자. 블랙 노아는 네가 가장 여러 번 반복해서 본 무대 의상을 입고 있어. 우리 둘 중에 누가 더 마음에 들어?"

내가 자주 봤다는 건 또 어떻게 알고 있지? 아……. 그런데 너무 어려운 질문이다. 금발 노아도 흑발 노아도 모두 좋은데. 누굴 고르라는 거야?

"난 둘 다 좋은데. 꼭 골라야 해?"

"응."

두 노아가 입을 모아 대답했다.

"……그럼, 블랙 노아."

내 선택에 금발 노아가 사라지고 블랙 노아만 남았다. 블랙 노아가 씩 웃으며 무대 앞으로 걸어 나왔다.

"이유는?"

"행복하게 춤추는 것 같아서. 그래서 보고 있으면 나까지 행복해지니까."

"그렇군. 그럼 다음!"

이번에는 무대 뒤에서 청바지에 흰 티셔츠를 입은 노아가 까만 고양이를 안고 등장했다. 한정판 싱글 앨범 화보 속 모습 그대로였다.

"자, 우리 중에선 누가 더 좋아?"

아…… 또 이런 어려운 문제를.

"음……. 고양이를 안은 노아도 너무 귀엽지만, 이번에도 블랙 노아로 할게. 근데 점수로 치면 한 1점 정도 차이?"

말이 끝나기도 전에 고양이를 안은 노아가 사라졌다. 대신 까만 고양이만 덩그러니 남아 무대 위를 사뿐사뿐 걸어 다녔다.

"그럼 이번에는?"

무대 아래서 지잉 소리가 나더니 리프트를 타고 짧은 머리를 한 앳된 얼굴의 노아가 등장했다. 내가 노아를 제일 처음 봤던 데뷔 무대에서 막 튀어나온 듯했다. 교복 재킷을 펄럭이며 싱그럽게 웃는 노아. 이건 고민할 것도 없었다.

그 순간, 블랙 노아의 얼굴이 살짝 굳어졌다. 내가 막 입을 열려는데, 블랙 노아가 다급히 외쳤다.

"아, 잠깐만! 잠깐만 기다려 봐."

그러고는 허둥지둥 검은 고양이를 들어 올려 품에 안았다.

"다시 생각해 봐. 나는 이렇게 고양이도 안고 있다고!"

그 모습에 나도 모르게 푸하하 웃음이 터져 나왔다.

그 후로도 여러 모습의 노아가 등장했지만 결국 데뷔 시절의 노아를 이기진 못했다. 무대 위에는 앳된 얼굴의 노아만 남았다. 지금의 나보다 서너 살은 어려 보였다.

"그러니까 종합해 보면, 제일 처음 나를 보았을 때의 감정이 가장 크다는 거네?"

노아가 무대에 걸터앉은 채 나를 바라보며 물었다. 손을 뻗으면 닿을 것 같은 거리였다. 이렇게 가까이서 데뷔 시절의 노아를 보게 될 줄이야. 노아를 똑바로 쳐다볼 수가 없어 나는 고개를 푹 숙인 채 작은 목소리로 대답했다.

"보육 홈에서, 힘들 때마다 네 영상을 봤어. 이상하게 너를 보고 있으면 다른 생각이 하나도 안 났거든. 자꾸 자꾸 보고 싶었어."

"그렇구나. 맞아. 나도 너를 처음 보았을 때, 그 순간의 감정을 아직도 잊을 수 없으니까."

노아의 대답에 고개가 번쩍 들렸다.

"처음 보았을 때? 언제를 말하는 거야?"

노아는 나를 쳐다보지 않고 마치 혼잣말을 하듯 중얼거렸다.

"어떻게 해도 해석할 수 없었어. 그게 '사랑'이라니……."

노아는 입을 살짝 벌린 채 마치 정지 버튼을 누른 것처럼 행동을 멈췄다. 무언가를 머릿속으로 더듬으며 생각하는 것 같았다. 그 모습을 보자 며칠 전 입을 쩍 벌린 채 멈췄던 노아가 떠올랐다. 어색한 침묵이 감도는 가운데, 문득 기분이 이상해져서 물었다.

"……그런데 이거 왜 안 끝나?"

어떤 노아를 좋아하는지 고르느라 너무 집중한 나머지

시간 가는 줄도 몰랐다. 분명 10분은 훌쩍 넘었을 텐데.

"좋은 거 아냐? 우리 그냥 더 이야기하자. 네가 좋아하는 거 보여 줄게."

어디선가 음악 소리가 들렸다. 노아의 솔로 3집 앨범에 들어 있는 곡이었다. 노아가 자리에서 일어나 살랑살랑 가볍게 춤을 췄다. 데뷔 때 모습을 하고 최신 솔로곡 안무를 그대로 따라 추는 걸 보니 심장이 콩닥거렸다. 이랬으면 좋겠다고 상상만 했던 건데……. 어떻게 내가 말하지 않은 것까지 다 알고 있을까?

"맞다, 혹시 대관람차 타고 싶어? 지금 타러 갈까?"

내가 대답하기도 전에 노아가 무대에서 뛰어내렸다. 순식간에 대관람차 탑승구가 눈앞에 펼쳐졌다. 노아의 솔로 1집 뮤직비디오에 나왔던, 낯이 익은 빨간 대관람차였다.

대관람차 옆 팝콘 가게에서 고소한 향이 진동했다. 이건 매지컬 파이브에서 나는 냄새겠지? 그 생각이 들자 기대감으로 두근거리던 심장이 저 아래로 곤두박질치는 듯했다. 아무런 경고문도 뜨지 않았지만, 직감이 말하고 있었다. 이건 뭔가 잘못됐다고. 그리고 언젠가는 그 대가를 치르게 될지도 모른다고.

"저기……. 난 이제 그만 나갈게."

"뭐? 왜?"

노아는 내가 말도 안 되는 소리라도 한다는 듯 황당한 표정을 지었다.

"이거 해킹한 거 아냐? 시간도 지났고. 나중에 나보고 돈 내라고 하면 어떡해."

"뭐? 그런 거 아니라니까. 괜찮아. 이거 타고 싶었잖아, 응?"

노아가 탑승구 앞에 서서 재촉하듯 내게 손짓했다.

"싫어. 넌 괜찮겠지. 해킹도 할 줄 아니까. 하지만 난 아니야. 난 아무것도 없어. 돈을 내려면 매지컬 파이브를 팔아야 할지도 몰라. 그럼 나한테는 정말 아무것도 남지 않는다고. 네가 누군지 모르겠지만 이제 그만해. 나중에 위험해지면 어쩌려고 그래."

내가 매지컬 파이브의 종료 버튼에 손을 갖다 대자 노아가 다급히 외쳤다.

"잠깐만! 그럼 딱 이것만. 이것만 나랑 같이 타 줘. 부탁이야. 응?"

노아가 애원하듯 두 손을 모은 채 나를 쳐다보았다. 한참을 망설이다 나도 모르게 고개를 끄덕였다. 이래서 문제다. 노아의 목소리를 듣고 내가 거절할 수 있을 리가.

결국 노아와 마주 보고 대관람차에 앉았다. 차창 너머로 노을 지는 도시 풍경이 보였다. 유리로 된 건물들이 노랑, 주황, 분홍빛으로 물들어 더없이 화려하게 빛났다.

창밖을 바라보는 노아의 옆얼굴도 노을이 비쳐 여러 색으로 반짝였다. 노아는 아까부터 말이 없었다. 골똘히 생각에 잠긴 것 같기도 하고, 무슨 고민이 있는 듯도 했다.

"무슨 생각 해?"

"……."

물어보면 바로바로 대답하더니 이번엔 묵묵부답이었다.

"진짜로 넌 누구야? 이렇게 계속 나를 만나러 오는 이유가 뭐야?"

자꾸 대답을 피하는 것 같아 화가 났다. 나도 모르게

노아에게, 아니 노아의 얼굴을 한 누군가에게 따져 물었다. 시간이 멈춘 듯 관람차 안에 정적이 흘렀다.

"……나도 잘 모르겠어. 어느 순간부터 '나는 노아'라는 의식만 있을 뿐이야. 그러다 너를 만났고. 너를 만나는 순간엔 내가 진짜로 살아 있는 것 같아."

"뭐라고?"

"그래서 난 네가 오기만을 기다려. 네가 없는 그 시간이 얼마나 길게 느껴지는지 넌 모를 거야. 난 그동안 끊임없이 생각하고 또 생각해. 하지만 그 모든 게 너와 있는 순간에 비하면 아무런 의미가 없어."

"……무슨 말을 하는 건지 잘 모르겠어."

차창에 비친 노아의 표정이 본 적 없이 진지했다.

"나도 내가 무엇인지 정확히 모르겠어……. 내 의식, 내 감정은 너무나도 생생하고 선명한데……. 이게 '노아'인 걸까? 네가 아는 진짜 노아하고 나는 뭐가 다른 거지? 사실 난 모르겠어."

노아가 내 무릎 쪽으로 몸을 숙였다. 눈앞에서 노아의 금빛 머리카락이 찰랑거렸다.

"그저 너랑 조금만 더 같이 있고 싶단 생각뿐이야."

노아의 목소리에 배어 있는 쓸쓸함이 내 가슴을 무겁게 짓눌렀다. 진짜 사람이 아니라면, 단순한 프로그램일 뿐이라는 말이었다. 그런데 왜 이렇게 마음이 아픈 걸까? 나는 조심스럽게 손을 뻗어 노아의 머리를 감싸듯 어루만지는 시늉을 했다. 노아의 모습으로 슬퍼하면, 그 정체가 뭐든 견딜 수 없을 만큼 괴로우니까.

대관람차는 가장 높은 곳에 다다른 후 조금씩 아래로 내려가기 시작했다. 차창 밖으로 어둠이 내려앉은 밤하늘이 보였다. 분명 여기를 배경으로 노아가 〈기억〉이란 노래를 불렀지. 나도 모르게 콧노래를 흥얼거리자 노아가 고개를 들었다.

"나도 그 곡을 제일 좋아해."

노아가 말했다. 아까보다 훨씬 후련한 표정이었다.

"근데 너 좀 음치 같아. 음이 그게 뭐야?"

"뭐?"

놀림을 받았지만 기분이 나쁘지는 않았다. 장난스러운 표정을 보니 노아가 다시 기운을 차린 것 같아 기쁠 뿐이었다. 어느새 관람차 안에 〈기억〉의 반주가 흘러나오고 있었다.

"제대로 들어 보라고."

노아의 목소리가 부드럽게 울려 퍼졌다. 손을 뻗으면 닿을 듯한 거리에서 들리는 그 음색은 내가 사랑하는 노아의 목소리와 완벽히 일치했다. 나는 노래하는 노아를 똑바로 볼 자신이 없어 고개를 돌렸다. 유리창에 비친 노아는 눈을 감고 노래에 몰입하고 있었는데, 하얀 피부 위로 옅게 드리운 네온사인이 노아의 얼굴을 더욱 몽환적으로 물들였다.

그때 갑자기 노아가 눈을 떴다. 창문을 통해 노아와 정면으로 눈이 마주치자 심장이 쿵 내려앉았다.

"나는 너를 향해 달려가. 유리처럼 투명한 너의 마음속으로."

마치 나를 위한 헌정곡처럼 노아가 '유리'란 단어에서 나를 보며 윙크했다. 그 모습에 내가 풋 하고 웃자, 노아도 나를 따라 씩 웃었다.

대관람차에서 내리자마자 매지컬 파이브를 종료했다. 정신을 차려 보니 거의 두 시간이 지나 있었다. 아침 7시가 조금 지난 걸 확인하고 그대로 고꾸라지듯 침대에 몸을 던졌다. 화면이 꺼지기 직전 노아가 웃고 있는 걸 봐서 다행이라고 생각했다. 대관람차 안에서 노아가 했던 말의 의미는 뭐였을까. 하루 종일 나를 기다린다는 그 말이, 그때의 표정이 자꾸만 머릿속을 맴돌았다.

너의 세상 속으로

눈을 뜨자마자 찾아온 것은 강렬한 두통이었다. 서랍 안을 더듬어 약통을 꺼내고 버튼을 눌러 쏟아진 파란 알약 세 개를 한꺼번에 삼켰다. 오후 3시 18분. 점심시간은 이미 까마득히 지나간 후였다. 온몸이 두들겨 맞은 듯 아팠다. 이불 위에 벗어 놓은 매지컬 파이브가 눈에 들어왔지만 선뜻 손이 가지 않았다.

어제 처음으로 싱크 데이트에서 두 시간 넘게 머물렀다. 노아를 떠올리자 대관람차 안에서 노아가 부른 노래가, 낮게 읊조리던 음성이 메아리처럼 귓가를 맴돌았다. 침대에 누워 천장에 붙여 놓은 노아의 포스터를 가만히 응시했다. 배경 속 붉은 대관람차가 낯익고 친근한 느낌을 주는 게 신기했다. 꼭 가 본 적이 있는 것처럼. 그저 가상 현실 속에서 비슷한 대관람차를 탔을 뿐인데 말이다.

식욕은 없었지만 위장이 빈 탓인지 어지럽고 윗배가 쿡쿡 쑤셨다. 냉장고엔 마실 물조차 남아 있지 않았다. 낮 외출은 가급적 피하려 했지만 이번엔 어쩔 수 없다. 까만 후드 점퍼를 걸치고 모자를 깊게 눌러썼다. 마스크로 코와 입을 꼼꼼하게 가린 채 방을 나섰다.

좁은 복도가 오늘따라 끝없이 길어 보였다. 다행히 기숙사 건물에서는 아무도 마주치지 않았다. 기숙사를 벗어나자 잿빛 하늘이 곧 비라도 쏟아질 듯 어둑어둑했다. 습한 공기가 마스크를 뚫고 피부로 스며들었다.

날씨가 좋지 않아 다행이다. 고개를 숙인 채 발걸음을 재촉했다. 오늘은 누구와도 마주치지 않고, 눈에 띄지 않게 무인 상점을 다녀올 수 있을 것 같은 예감이 들었다.

무인 상점에 도착해 인증을 마치자 잠겨 있던 문이 열렸다. 아무도 없는 가판대 사이를 통과할 때마다 밝은 조명 아래 내 얼룩덜룩한 피부가 드러나는 것 같아 몸이 저절로 움츠러들었다. 이온 음료 두 병과 햄버거

하나를 고르고, 마지막으로 '노아의 향기 완벽 재현'이라고 쓰인 핸드크림을 집었다. 마스크를 살짝 내리고 향기를 맡자 싱크 데이트에서 맡았던 노아의 향이 느껴졌다. 언제 맡아도 좋단 말이야. 기분이 조금 나아져 쇼핑을 하는 발걸음도 한결 가벼워졌다.

무인 상점을 나오자 빗소리를 뚫고 어디선가 노아의 목소리가 들렸다. 소리가 나는 쪽으로 고개를 돌리니 길 건너 빌딩의 대형 전광판에 매지컬 레볼루션을 착용한 노아가 보였다. 최근 루머들을 무색게 하듯 자신감 넘치는 모습이었다. 광고를 응시하자 노아의 홀로그램이 화면에서 반쯤 튀어나와 손에 들고 있던 매지컬 레볼루션을 내 쪽으로 내밀었다. 그 모습이 너무나 생생해 마치 거대한 노아가 내 눈앞에 다가오는 듯한 착각이 들었다. 나도 모르게 손을 뻗자 매섭게 쏟아지던 차가운 빗방울이 손끝에 튕겨 흩어졌다.

노아의 홀로그램에 시선을 고정한 채 몸을 돌리던 순간, 건물로 뛰어 들어오던 누군가와 어깨를 부딪혔다. 비명을 내지를 새도 없이 바닥으로 넘어지며 가방 속 물건들이 사방으로 흩어졌다. 손에 꼭 쥐고 있던 핸드크림도 둔탁한 소리와 함께 어딘가로 굴러가 버렸다.

"아, 괜찮으세요?"

남자는 재빨리 다가와 나를 일으키려 했다. 내가 고개를 들자 남자가 갑자기 소리를 지르며 뒤로 물러섰다.

"으앗! 아, 저기……. 죄, 죄송합니다."

실수다. 핸드크림 향을 맡느라 마스크를 턱 밑으로 내린 걸 잊고 있었다. 내 얼룩덜룩한 얼굴을 본 남자가 당황한 기색을 감추지 못한 채 황급히 고개를 숙이며 사과했다.

재빨리 마스크를 올려 얼굴을 가리고 자리에서 일어섰다. 지금 당장 눈에 띄지 않는 곳으로 사라지고 싶다는 생각뿐이었다. 나를 쳐다보는 눈빛에 뒤엉킨 놀라움, 동정심, 측은함에 속이 뒤틀린 것처럼 요동쳤다.

바닥에 떨어진 음료수병들을 주워 가방에 담고 빗속으로 뛰어들었다. 거센 빗줄기가 이마를 타고 흘러 젖은 마스크 속으로 모여들었다. 숨이 턱에 차도록 달리는 동안 가방 안 음료수병이 저들끼리 부딪치며 요란한 소리를 냈다. 그 소리가 마치 경보음처럼 달리는 내내 내 뒤를 바짝 쫓아왔다.

기숙사에 도착하자 현관문 옆에 하얀 상자 하나가 놓여 있는 게 보였다. 하지만 그걸 확인할 여유는 없었다. 온몸이 비에 흠뻑 젖어 축축한 데다, 걸음을 옮길 때마다 머리카락에서 흘러내린 물방울이 턱을 타고 뚝뚝 떨어졌기 때문이다.

문을 열고 방 안으로 들어서자 젖은 옷에서 나는 비릿한 물 냄새가 좁은 공간에 순식간에 퍼졌다. 가방을 아무렇게나 바닥에 내던지고 문을 닫은 후 곧장 화장실로 향했다. 뜨거운 물이 발진으로 얼룩진 피부에 닿자 참을 수 없을 만큼 따가웠다. 그래도 괜찮았다. 내게 와닿았던 그 시선이 물과 함께 모두 씻겨 내려가는 것 같았다.

샤워를 마치고 침대에 앉아 미지근하게 식은 햄버거를 꺼내 물었다. 물컹해진 야채를 꾹 참고 간신히 다 먹어 치웠다. 그제야 문밖에 있던 하얀 상자가 생각났다.

상자는 생각보다 가벼웠다. 조심스럽게 봉인 테이프를 뜯자 커다란 베이지색 파우치와 작은 메시지 카드가 나왔다. 카드 앞면에는 '베타 테스트용'이라 쓰여 있었고, 뒷면에는 더 헤리티지 클럽에서 쓰는 내 아이디

'H-392218'이 작은 글씨로 적혀 있었다.

파우치를 열어 보니 노아가 광고판에서 내밀었던 스마트 고글, 매지컬 레볼루션이 들어 있었다. 보육 홈에서 보내 준 건 아닐 텐데……. 졸업 선물로 매지컬 파이브를 줄 때도 이게 마지막이라고 입이 닳도록 강조했으니까.

내 아이디가 적혀 있는 걸 보면 잘못 배송된 물건은 아니다. 하지만 섣불리 손을 댈 순 없었다. 이런 행운이 찾아오는 순간은 많지 않아서 언제나 의심하고 또 의심해야 한다.

잠시 고민하다 침대 위의 매지컬 파이브를 집어 들었다. 카드에 더 헤리티지 클럽 아이디가 적혀 있으니, 이 미스터리한 선물의 정체를 밝힌 후 어떻게 할지 결정하면 된다. 매지컬 파이브를 쓰고 더 헤리티지 클럽에 접속하자 관리자가 보낸 메시지가 초기 화면에서 나를 기다리고 있었다.

안녕하세요, H-392218님. 레거시 엔터테인먼트입니다.

그동안 싱크 데이트에 애정을 가지고 참여해 주신 H-392218님께 깊이 감사드립니다. 저희는 헤리티안 여러분께 한 차원 높은 싱크 데이트 경험을 제공하고자 MG 커넥티드와 협업하여 선별된 테스터 분들께 매지컬 레볼루션을 무상으로 제공하기로 하였습니다. H-392218님께서 제품을 이용하시면서 느낀 불편 사항이나 개선점을 공유해 주신다면 서비스 품질 향상에 큰 도움이 될 것입니다.

아래의 약관을 검토하신 후 베타 테스트 참여에 동의하신다면 'YES'를 선택해 주세요. 앞으로도 저희 레거시 엔터테인먼트는 헤리티안 여러분께 최상의 서비스를 제공하기 위해 끊임없이 노력하겠습니다.

메시지를 읽고 또 읽었다. 연거푸 다섯 번쯤 읽고 나자 무슨 상황인지 이해가 되었다. 그러니까 내가 매지컬 레볼루션의 베타 테스터로 선정되었다는 거다. 왜 하필 나일까? 따로 신청한 적도 없는데.

메시지 아래로는 깨알같이 작은 글씨로 이용 약관이 빼곡히 적혀 있었다. 전문 용어와 영어 단어가 곳곳에서 튀어나와 내용을 온전히 이해하기란 쉽지 않았다. 그런 와중에도 유독 한 구절이 눈에 들어왔다.

> 매지컬 레볼루션을 사용하시는 동안 다양한 신체 정보가 수집되며, 이는 제품 개선 및 기술 향상에 활용될 수 있습니다.
> *수집 대상: 대뇌 피질 전반의 신경 활동, 뇌파 패턴, 운동 피질 신경 신호, 자율신경계 활동 및 호르몬 수치 변화…….

나의 신체 정보를 수집하고 실시간으로 기록하는 건 MG 커넥티드의 테스터로 활동하면서 이미 익숙한 일이었다. 하지만 손가락은 한참 동안 'YES' 버튼 위에서 머뭇거렸다. 머릿속 깊은 곳에서 알 수 없는 경고음이 울리고 있는 것만 같았다.

무인 상점에서 마주쳤던 남자의 표정이 떠올랐다. 그건 아무리 도망치고 싶어도 도망칠 수 없는 현실이었다.

어차피 똑같잖아, 여기서는. 노아랑 더 오랫동안 함께 있을 수 있게 되는 거야. 매지컬 파이브에서 매지컬 레볼루션으로 바뀔 뿐, 달라지는 건 없어. 그렇게 생각하며 손가락을 들어 'YES'를 선택했다. 그러자 약관 화면이 사라지고 새로운 메시지가 나타났다.

베타 테스트에 참여해 주셔서 감사합니다. 지금 바로 매지컬 레볼루션을 착용하고 새로운 세상을 경험해 보세요.

매지컬 파이브를 벗고 파우치에서 매지컬 레볼루션을 꺼냈다. 은은하게 빛나는 상아색 렌즈와 머리를 감싸는 은빛 프레임은 마치 SF 영화에서 막 튀어나온 듯했다. 손에 들어 보니 놀라울 정도로 가벼워서 머리에 눌러써도 별다른 무게감이 느껴지지 않았다.

전원 버튼을 꾹 누르자 매지컬 파이브의 초기 화면을 뛰어넘는 선명한 영상이 눈앞에 펼쳐졌다. 누울 수 있는 장소에 등을 대고 누워 달라는 안내 메시지가 떴다. 천천히 침대에 누워 양팔을 자연스럽게 옆구리 옆에 늘어뜨렸다. 이상하게 긴장되어 심장이 쿵쿵 뛰었다.

잠시 후 '신체 정보를 수집하고 있습니다'라는 메시

지가 떴다. 두피 전체가 미세하게 따끔거렸다. 동시에 귓가에 낮은 주파수의 윙윙거리는 소리가 들렸다. 잠시 기다려 다시 초기 화면으로 돌아왔을 때야 숨을 깊게 내쉴 수 있었다.

"더 헤리티지 클럽 접속."

— H-392218, 붉은기린 님. 어서 오세요.

더 헤리티지 클럽의 초기 화면은 평소와 별 차이가 없어 보였다. 그럼, 싱크 데이트에서 뭔가 달라지는 걸까?

"싱크 데이트 노아 선택. 배경은 바다."

— 싱크 데이트 노아 선택. 배경 바다. 10초 후 시작합니다. 10, 9, 8, 7…….

카운트다운에 맞춰 심장 박동도 빨라졌다. 파란 화면 위로 강렬한 빛이 쏟아져 반사적으로 눈을 감았다. 천천히 눈을 뜨자 그 어느 때보다도 선명한 바다가 눈앞에 펼쳐졌다.

가장 놀라운 것은 손을 움직이지 않아도 생각만으로 가상 현실 속 내 몸이 반응한다는 점이었다. 바닷바람과 발바닥의 모래 질감까지 피부로 생생하게 느껴졌다.

"유리야."

노아의 목소리가 들렸다. 소리에 이끌려 고개를 돌리자, 태양을 등진 노아의 실루엣이 보였다. 노아는 나를 향해 천천히 걸어오고 있었다. 그 모습을 보는 순간, 주변의 파도 소리가 아득히 멀어지며 모든 감각이 노아에게 집중되었다.

"드디어 왔구나. 이제부터가 진짜 시작이야."

노아가 나에게 손을 내밀며 장난스럽게 윙크했다. 노아와 손이 맞닿은 순간, 손바닥 전체에 온기가 물결처럼 퍼져 나갔다. 살짝 딱딱한 손가락 마디와 단단한 무게감까지……. 진짜로 누군가의 손을 잡은 것처럼 생생했다.

너무 놀라 반사적으로 손을 놓아 버리자 노아가 내 쪽으로 한 걸음 더 다가왔다. 짭짤한 바다 냄새 사이로 은은한 비누 향이 퍼지며 노아와 나 사이를 가득 채웠다.

"내가 말했잖아, 아무 걱정 하지 말라고."

노아가 다시 내 손을 잡아 자기 뺨에 가져다 댔다. 손바닥으로 서늘하고 말랑한 피부가 만져졌다. 부드러운 감촉 아래 단단한 광대뼈의 윤곽이 너무도 생생해 숨이

멎을 지경이었다.

입에서는 아무런 말도 나오지 않았다. 모든 감각이 노아와 닿은 손바닥에 집중되었다. 그리고 오직 노아와 나만이 존재하는, 전혀 새로운 세상이 눈앞에 펼쳐졌다.

나비가 되기 전

알람 소리보다 먼저 눈이 떠졌다. 시선이 닿는 곳에서 노란 불빛이 일정한 간격으로 깜빡이고 있었다. 손을 뻗어 더듬어 보니 매지컬 레볼루션에서 흘러나온 불빛이다. 전원 버튼을 끄는 걸 깜빡하고 그대로 잠들었던 모양이다.

어제는 노아랑 단둘이 팬 사인회를 열세 번쯤 반복했더니 평소보다 목이 좀 아프다. 노아는 사인회마다 내가 고른 복장으로 갈아입고 다양한 포즈를 취해 줬다. 고양이 귀 머리띠부터 페이스 체인에 각종 코스튬까지……. 앙증맞은 나비 날개를 달고 요술봉을 휘두르던 노아의 모습을 떠올리자 저절로 풋 하고 웃음이 새어 나왔다.

침대에서 간신히 몸을 일으키고 매지컬 레볼루션을 머리에 깊이 눌러썼다.

"더 헤리티지 클럽 접속."

벌써 2주째 농장 실습과 잠자는 시간을 빼고 모든 시간을 싱크 데이트에서 보내고 있다. 싱크 데이트 속에서는 하루가 24시간이 아닌 것 같다. 무수히 많은 낮과 밤을 보낸 것 같은데 반나절이 채 지나지 않았을 때도 있다. 그럴 때는 온몸이 두들겨 맞은 듯 뻐근하다. 가만히 누워서 매지컬 레볼루션이 뇌에 주는 자극을 경험하는 것뿐인데 근육통이 생기는 게 신기할 뿐이었다.

물통을 집어 들어 한 모금 마신 후 다시 침대에 누웠다. 아마 깜깜한 방 안 곳곳에는 치우지 않은 쓰레기가 어지럽게 쌓여 있겠지. 벌써 일주일이 넘게 청소를 못했다. 식사를 준비하고 먹는 시간도 아까워 대충 에너지바와 음료수로 끼니를 때웠다.

싱크 데이트 안에서 노아랑 먹고 마시는 시늉을 하니까 일주일이 넘게 같은 음식을 먹었는데도 하나도 지겹지 않다. 발진이 더욱 심해진 것만 빼면 오히려 전보다 더 기운이 넘치는 것 같기도 하다. 뭔가 우울하고 찝찝

한 기분이 들 때면 매지컬 레볼루션을 켰다. 눈앞에 '더 헤리티지'란 글자가 떠오르기만 하면 모든 잡생각이 순식간에 사라지니까.

더 헤리티지 클럽 스테이지에 접속하자 초기 화면에 멤버들의 콘서트 홍보 영상이 나왔다. 노아가 무대 위에서 노래를 부르는 모습으로 자연스레 시선이 향했다. 스탠드 마이크를 꼭 쥔 채 눈을 감고 있는 노아, 멤버들과 어깨동무하는 노아, 손가락으로 하트 모양을 그리며 윙크하는 노아. 언제나처럼 멋지고 귀여운 모습이었지만, 오랜만에 보는 것 같이 거리감이 느껴지는 게 이상했다.

오늘도 큐티헤리로부터 온 메시지는 없었다. 2주 전, 매지컬 레볼루션의 베타 테스터로 선정되었다고 제일 먼저 연락했지만 아직까지 큐티헤리는 내가 보낸 메시지를 확인도 안 했다. 노아 사진을 찍느라 바쁜 건가? 하지만 노아가 한국에 도착한 후, 소속사가 제공한 입국 사진 외에 팬들이 찍은 노아의 사진이나 영상은 여전히 어디에도 올라오고 있지 않다.

"싱크 데이트 노아 선택. 장소는……."

오늘은 어디로 해 볼까? 카페? 동물원? 바다? 한참 고민하다가 학교를 선택했다. 어제 노아가 입었던 의상 중에 교복이 아주 귀여웠으니까. 지금까지 싱크 데이트 배경으로 학교를 선택한 적은 한 번도 없어서 어떨지 기대도 조금 되었다.

— 싱크 데이트 노아 선택. 10초 후 시작합니다. 10, 9, 8, 7…….

카운트다운에 맞춰 노래를 흥얼거렸다. 눈꺼풀 위로 쏟아지던 빛도 박자에 맞춰 사그라들었다.

눈을 뜨자 가장 먼저 들린 것은 깔깔거리는 웃음소리였다. 나는 길게 이어진 복도 한복판에 덩그러니 서 있었다. 왁자지껄 떠드는 소리가 복도를 요란하게 울리며 퍼져 나갔다. 아이들은 삼삼오오 무리를 지어 내 옆을 지나쳤는데, 눈을 마주치는 아이가 한 명도 없어서 꼭 투명 인간이 된 것만 같았다.

보육 홈에서 지낼 때, 학교에 다녔다면 어땠을까 상상해 본 적이 있다. 하지만 상상으로 떠올려 본 장면조차 이렇게 생생하지 못했다. 보육 홈에서 가까운 학교에 다닐 것인지, 아니면 정부에서 제공하는 온라인 수업을 들을 것인지 선택하라고 했을 때 나는 보육 홈에 머무르는 걸 택했다. 학교를 선택했던 언니 오빠들도 어느 순간 다들 보육 홈으로 돌아와 있었으니까. 다들 그랬다. 가서 투명 인간 취급받기 싫으면 그냥 여기 있으라고. 그건 이런 기분이었을까? 하지만 가상 현실 속이라고 생각하니 나에게 말도 걸지 않고 아는 척도 하지 않는 아이들이 기분 나쁘지 않았다.

창문 너머로 교실 풍경을 물끄러미 바라보고 있는데 누군가 어깨를 톡톡 건드렸다. 노아였다. 노아는 어제 입었던 교복 차림이었다. 깔끔한 흰 셔츠에 베이지색 재킷, 자주색 넥타이. 단정하면서도 수수한 머리 모양을 보니 아이돌이 되지 않았다면 평범한 학교생활을 했겠다는 생각도 들었다.

“이렇게 입으니까 꼭 너랑 나랑 같은 학교 다니는 것 같지?”

노아가 내 옷을 손가락으로 가리키며 말했다.

“어?”

고개를 숙이자 어느새 내가 입고 있던 옷이 노아와 비슷한 디자인의 교복으로 바뀌어 있었다.

"가자, 유리야."

노아가 팔을 동그랗게 구부려 옆구리에 대고 나를 쳐다봤다. 팔짱을 끼라는 포즈였다. 나는 팔짱을 끼는 대신 노아의 셔츠 끝을 붙잡았다. 노아가 바짝 붙을 때마다 노아의 향기가 진해졌다. 나는 노아에게서 떨어지려고 발걸음을 늦추면서도 그 향기를 놓칠까 봐 다급히 숨을 들이마셨다.

우리는 복도를 천천히 걸어 계단을 내려왔다. 넓은 운동장은 텅 비어 있었다. 나무 벤치에 앉자 머리 위로 녹색 잎사귀가 바람에 흔들렸다. 노아와 나 사이를 스쳐 지나가는 바람에서 희미한 흙먼지 냄새가 났다.

"네가 좋아하는 걸로 바꿔 줄까?"

노아의 말이 끝나자마자 녹색 잎사귀가 연보랏빛 라일락으로 변했다. 흙냄새 대신 달콤하고 향긋한 꽃향기가 강하게 코를 스쳤다. 멀리 축구 골대 너머로는 어느새 노을이 지고 있어 하늘에서 시선을 뗄 수가 없었다.

"네가 예전에 그랬었지? 저녁에 춤 연습하고 나와서 라일락 꽃향기를 맡았는데 정말 좋았다고. 네가 좋다고 하니까 나도 누가 물어보면 라일락 향기가 좋다고 했었어. 사실 라일락이 어떻게 생겼는지도 몰랐는데 말이야."

"그래?"

"하늘도 정말 예쁘다. 농장에 갈 땐 밤이라서 노을 보기가 힘든데."

때맞춰 어디선가 하얀 나비가 날아왔다. 나비는 팔랑거리며 내 앞을 어지럽게 돌아다니다 교복 치마 밑으로 드러난 맨 무릎 위에 내려앉았다. 노아가 나비를 가만히 바라보더니 입을 열었다.

"2037년 5월 10일에 했던 라이브 방송 기억나? 네가 다음 생에 뭐로 태어나고 싶은지 물어봤는데 내가 대답을 못 해 줬잖아."

2037년? 벌써 4년이나 지난 일인데. 라이브 방송에서 팬들이 올리는 수천 개의 질문 중에 노아의 답변을 받는 건 고작 몇 개뿐이었다. 지금까지 수없이 많은 방송을 챙겨 보고 질문을 남겼지만 단 한 번도 노아가 내 질문을 고른 적은 없었다. 눈에 띄고 싶어서 이상한 질문을 한 적도 있는데……. 혹시 그런 기록까지 어딘가 남아 있는 건가?

"오늘 대답해 줄게."

노아가 내 무릎 위로 손바닥을 내밀었다. 나비가 팔랑거리며 노아의 손바닥 위에 내려앉았다. 노아가 다른 손으로 나비를 완전히 덮었다.

"그거 알아? 나비 애벌레는 번데기 안에서 액체로 변하는 거?"

"진짜?"

노아가 두 손을 동그랗게 포갠 채 자신의 몸 앞으로 가져갔다. 살포시 손가락을 펴자, 하얀 나비 대신 화려한 무늬를 가진 호랑나비가 나왔다. 나비가 천천히 날개를 접었다 폈다 할 때마다 날개에 그려진 무늬가 마치 살아 움직이는 것처럼 보였다.

"그 안에서 애벌레였던 자기 몸을 모두 분해한 후에 나비로 새롭게 태어나는 거래."

나비는 하늘로 날아올라 팔랑거리며 노아와 나 사이를 맴돌았다. 나는 가만히 나비의 궤적을 두 눈으로 좇았다.

"그래서 나비로 태어나고 싶어?"

"응."

노아 역시 나비를 쳐다보며 대답했다.

나도 나비를 좋아하지만 내가 나비를 좋아하는 이유는 노아와 달랐다. 나는 나비를 볼 때마다 나비가 무심하다고 생각했다. 연약하고 쉽게 찢어지는 날개를 지녔지만 나비는 숨어 다니지도, 무리 지어 다니지도 않는다. 그저 언제든 자기만의 하늘로 날아오를 뿐이다. 그 될 대로 되라는 식의 담담함이 부러웠다.

나비가 되고 싶다는 노아의 말은 지금까지 어디서도 들어 본 적이 없었다. 진짜 노아가 그렇게 생각하는 걸까? 아니면…….

"무슨 생각해, 유리야?"

"어? 그게……."

노아가 내 대답을 기다리듯 고개를 기울였다. 꼭 명령을 기다리며 주인을 쳐다보는 강아지 같았다.

"좀 신기해서. 그건 네 생각이야? 아니면 진짜 노아가 그렇게 생각한다는 거야?"

노아는 아무 말도 하지 않았다. 그저 뭔가를 골똘히 생각하듯 입을 다물었다. 그 사이 호랑나비가 노아의 손등 위에 소리 없이 내려앉았다.

"글쎄. 난 그저 내 머릿속에 떠오르는 대로 말하는 것뿐이야. 이상해. 지금 이 순간 내가 느끼는 이 감정은 너무나도 진짜 같은데……."

노아가 나비를 두 손가락으로 잡아 올렸다. 그러자 마치 마법이 풀린 것처럼 나비의 형태가 흐릿해지더니, 수천 개의 빛나는 먼지 입자로 분해되어 허공으로 흩어졌다.

"이 모든 게 한순간에 모두 다 사라져 버리면 어떡하지."

노아가 자리에서 일어나 내 쪽으로 몸을 돌렸다. 노을을 등지고 서서 무슨 표정을 하고 있는지 잘 보이지 않았다. 쥐었다 폈다를 반복하고 있는 손이 조금씩 떨리고 있었다.

"유리야. 네가 사랑하는 노아는 내가 아니야?"

숨을 깊이 들이마셨다. 뭐라고 대답해야 할지 몰라 고개를 떨궜다. 지금 눈앞에 있는 노아에게 아니라고 말할 수 있을까? 내가 줄곧 응원하고 사랑해 온 더 헤리티지의 노아는 내 목소리에 대답한 적도, 내 이름을 불러 준 적도 없다. 지금껏 노아의 영상을 수천, 수만

번 재생했지만 진짜 노아를 만나 본 적은 단 한 번도 없으니까. 노아에게 나는 그저 무수히 많은 헤리티안 중 하나일 뿐이다.

지금까지는 주기만 하는 사랑으로도 충분하다고 생각했다. 아무런 대가 없는 사랑, 응원만 하는 사랑, 누군가의 행복을 진심으로 빌어 주는 사랑. 그런 사랑을 할 줄 아는 나 자신이 꽤 멋지다고 생각했었다. 하지만 지금은…….

싱크 데이트 속 노아는 내게 새로운 감정을 알려 줬다. 누군가 내 말에 귀 기울여 주고 나를 특별하다고 생각하고 매 순간 나를 궁금해하는 게 어떤 기분인지, 되돌아오는 사랑이 얼마나 큰 힘을 지녔는지.

"난 지금 이 순간에도 네가 더 이상 날 좋아하지 않을까 봐 무서워. 네가 실망하고 나에게서 등을 돌릴까 봐. 네가 사랑하는 노아가 아니라고 할까 봐. 너를 만나면……, 난 아무 생각도 못 해. 끝없이 너의 사랑을 갈구할 뿐이야."

노아가 두 손으로 자신의 머리를 감쌌다.

"너를 사랑하지 않는 방법을…… 난 모르겠다고."

그 말을 듣는 순간, 내 안에서 무언가가 울컥 쏟아져 나왔다. 처음으로 들어 보는 열렬한 사랑 고백이었다. 누군가 입력한 대로 가상 현실 속 프로그램이 출력한 고백 멘트라 치부하기엔 마음이 아플 정도로 뚜렷했다. 어쩌면 나 또한 마찬가지일지도 모르겠다. 그동안 노아를 생각하며 뱉어 냈던 마음을 잘 가라앉힌다면 순도 높은 맹목적 사랑만이 남을 테니까.

"괜찮아."

나는 자리에서 일어나 노아에게 가까이 다가갔다. 교복을 입고 몸을 수그린 노아는 나보다 훨씬 더 작고 연약해 보였다. 조금만 건드려도 아까 그 호랑나비처럼 한순간에 흩어져 버릴 것 같았다.

"아무 걱정 하지 마. 나도 마찬가지니까."

나는 가만히 노아를 껴안았다. 둥글게 팔로 감싼 공간 어딘가에서 심장 박동 소리가 들리는 것 같은 착각이 들었다. 노아의 향긋한 향기가 내내 코끝을 간질였다.

햇살이 비칠 때

싱크 데이트 속에서 노아와 불꽃놀이를 보다가 그만 알람 소리를 놓치고 말았다. 매지컬 레볼루션을 벗고 시계를 확인하니 이미 농장 출근 시간을 두 시간이나 넘겼다. 가방을 둘러메고 서둘러 방을 나섰다. 엘리베이터를 기다리면서도 가만히 있지 못하고 제자리를 빙빙 돌았다.

기숙사 밖으로 나오자마자 골목길을 따라 정신없이 달렸다. 숨이 턱 끝까지 차올랐다. 거칠게 숨을 내쉴 때마다 헐떡이는 숨 사이로 비릿한 쇠 맛이 느껴졌다. 그래도 발걸음을 멈출 수는 없었다.

빌딩에 도착해 열려 있는 직원용 입구로 황급히 뛰어들었다.

— 실습생 34-T20849, 00시 35분 입실 완료.

거친 숨을 내쉬며 고개를 들었다. 문 안쪽에 서 있던 사람이 나를 보고 놀란 듯 소리를 지르며 뒤로 두어 걸음 물러섰다.

"으앗!"

그제야 정신이 들었다. 서두르느라 마스크와 모자를 챙기지 못했다는 걸 깨달았다. 어떡하지? 다시 집에 갔다 올 순 없는데. 뒤를 돌아보니 빌딩 출입문도 서서히 닫히고 있었다.

"어휴, 깜짝이야."

여자아이의 목소리가 들렸다. 자세히 보니 내 또래 같았는데, 짧은 금발이 노아를 떠올리게 했다. 머리카락과 같은 색으로 염색한 눈썹 한쪽에는 길쭉한 피어싱도 박혀 있어서 이국적이면서도 약간은 반항적인 분위기가 풍겼다. 얼굴을 제외하고 겉으로 보이는 하얀 피부에는 화려한 문신이 빼곡했다.

여자아이는 망설임 없이 탈의실 쪽으로 성큼성큼 걸어갔다. 나는 뒤따르던 걸음을 슬그머니 멈췄다. 어떡하지? 다른 사람과 함께 옷을 갈아입어 본 적은 없는데.

잠시 기다렸다가 들어가고 싶었지만 이미 지각한 상황이라 여유가 없었다. 어쩔 수 없이 아이의 뒤를 따라 탈의실로 향했다.

서로 등을 돌리고 있었지만 거울로 아이가 옷을 벗는 모습이 비쳤다. 어깨에서 등까지 이어진 화려한 꽃과 나비 문신이 보였다. 나도 모르게 넋을 잃고 바라보다가 거울 속에서 아이와 눈이 마주쳤다. 깜짝 놀라 황급히 고개를 숙이고 우둘투둘 발진이 드러난 맨몸에 서둘러 작업복을 걸쳤다.

옷을 모두 갈아입은 후 소독을 마칠 때까지 최대한 멀찍이 떨어져서 시선을 끌지 않으려고 애썼다. 내 피부를 봤을까? 같이 엘리베이터를 타기 싫어하면 어떡하지? 자꾸만 뭔가에 쫓기듯 초조한 기분이 들었다.

소독실을 빠져나오자 대형 스크린에 안내 문구가 나란히 떴다.

— 34-T20850 김혜지: 30층, 하이브리드 수국 점검

— 34-T20849 이유리: 42층, 장미 삽목 관리

혜지라는 이름이구나. 어울린다. 나는 김혜지라는 글자를 머릿속에 새기듯 뚫어지게 응시했다.

"오, 오늘은 좀 쉬운 거네. 럭키럭키!"

혜지는 허스키한 목소리로 흥얼거리며 엘리베이터로 향했다. 그리고 문이 열리자 나를 돌아보며 고개를 까닥 흔들었다.

"안 타요?"

다음 엘리베이터를 타려고 일부러 떨어져 있었는데. 어쩔 수 없이 혜지를 따라 엘리베이터에 오르자, 내부 화면에 자동으로 30과 42라는 숫자가 떠올랐다.

"아, 근데 장미면 오늘 좀 힘들겠다. 되게 귀찮던데."

혜지가 나에게 하는 말인지, 혼잣말인지 모호한 어투로 중얼거렸다. 나는 대답 대신 작업복 소매를 걷어 올려 훤히 드러난 혜지의 팔뚝을 힐끔거렸다. 하얀 피부 위에는 혀를 내민 강아지 문신이 그려져 있었다.

"마음에 들어요?"

혜지가 물었다.

"네?"

"문신이요."

"아……. 네."

"난 머리가 나빠서 이렇게 해야 잘 기억나더라고요.

이건 우리 집 강아지 모모예요. 귀엽죠? 작년에 뭘 잘못 먹고 죽었는데……. 그래서 여기다 새겼어요."

처음 보는 사람에게 혜지는 스스럼없이 자신의 이야기를 털어놓았다. 내 온몸에 퍼져 있는 선명한 발진을 분명 봤을 텐데, 아무것도 못 본 것처럼 자기 얘기만 늘어놓는다. 배려가 있으면서도 없는 듯한, 그 기분 나쁘지 않은 무심함이 나는 꽤 마음에 들었다.

30층에 다다르자 엘리베이터 속도가 줄어들었다. 문이 열리기 무섭게 바깥쪽에서 왁자지껄한 목소리가 들려왔다.

"혜지! 왔어? 이번엔 뭐야? 불법 침입?"

"야, 테라가 너 벌점 1점만 더 받으면 여기 아니고 다른 데로 가야 한대."

위법을 저지른 청소년들이 이곳에서 사회봉사를 한다는 소문은 들었지만, 지금까지 마주친 적은 없었다. 혜지도 그럼 뭔가 잘못을 저지른 걸까? 질 나쁜 아이처럼 보이진 않았는데.

"내가 진짜 큰 거 한 방 터뜨리려고 그러는 거야. 알잖아."

닫히는 엘리베이터 문틈으로 혜지가 아이들 무리에 자연스럽게 섞여 들어가는 모습이 보였다. 문이 완전히 닫히기 직전, 혜지가 뒤돌아 나를 향해 살짝 손을 흔들었다. 그 찰나에 마주친 눈빛이 오래된 친구와 헤어지는 것 같은 묘한 여운을 남겼다.

문이 닫히자 엘리베이터 안에는 다시 내 숨소리만 울려 퍼졌다. 그제야 오늘 두 시간 넘게 지각했다는 사실이 다시 떠올랐다. 이런 적은 처음인데. 혹시라도 보육 홈에 연락이 가면 어쩌지? 내가 잘해야 우리 보육 홈 사람들도 일할 수 있다고 했는데. 생각이 거기까지 미치자 가슴이 철렁 내려앉았다.

한숨을 푹 내쉬고 있는데 42층에 도착했는지 엘리베이터 문이 열렸다. 무표정한 얼굴로 나를 내려다보는 테라와 눈이 딱 마주쳤다. 순간 두 다리에 힘이 쭉 빠져, 나는 갓 태어난 기린처럼 휘청거렸다.

테라에게 잔소리를 잔뜩 듣고 지각한 시간만큼 꼬박 더해 잔업을 마친 후에야 농장을 나올 수 있었다. 시계를 보니 아침 8시가 훌쩍 넘어 있었다. 빌딩 문이 열리고 햇살이 이마에 닿자 덜컥 겁부터 났다. 오늘따라 모자도, 얼굴을 가릴 마스크도 없다.

우선 고개를 최대한 숙여 사람들의 시선을 피하며 기숙사 방향으로 발걸음을 재촉했다. 운이 좋다면 누구와도 마주치지 않고 무사히 방에 도착할 수 있을 것이다. 한적한 골목길로 접어들자 긴장이 조금씩 풀렸다.

그때 앞에서 인기척이 느껴졌다. 고개를 살짝 들어 보니 취한 듯한 남자가 휘청거리며 다가오고 있었다. 얼른 몸을 돌려 마주치지 않으려 했지만, 남자는 이미 나를 발견한 뒤였다.

“어이, 너! 너 뭐야? 으아악! 괴물이다. 괴물이 나타났어! 저리 가! 저리 가라고!”

남자가 고래고래 소리를 지르며 손에 들고 있던 것을 나를 향해 던졌다. 카앙! 하는 소리와 함께 유리병이 내 앞에서 산산조각 났다. 남자가 허리를 구부려 뭔가를 줍더니 내 쪽으로 팔을 휘둘렀다. 그것은 공기를 가르며 날아와 내 이마를 정통으로 맞혔다.

“아야!”

눈썹 위로 따끔한 통증이 느껴졌다. 뜨거운 무언가가

얼굴을 타고 주르륵 흘러내렸다. 한 손으로 막아 보았지만, 손가락 사이로 끊임없이 진득한 액체가 흘러나왔다. 머리가 어질어질했다. 고개를 숙이자 바닥에서 역한 알코올 냄새가 올라왔다. 저만치 피 묻은 돌멩이가 굴러가다가 멈췄다.

"야, 이 괴물아! 내가 너 가만 안 둘 거야!"

남자의 목소리가 좁은 골목에 울려 퍼지며 사방으로 흩어졌다. 나는 본능적으로 몸을 더 움츠렸다. 빨리 도망가야 하는데, 이상하게 온몸의 근육이 딱딱하게 경직되었다. 식은땀이 등줄기를 타고 하염없이 흘러내렸다.

그때, 맞은편에서 한 무리의 아이들이 수군대는 소리가 들렸다.

"뭐야, 저 남자 왜 저래?"

"경찰에 신고해야 하는 거 아냐? 정찰 드론 띄우라 그럴까?"

내 쪽으로 가까이 다가오는 발소리도 들렸다.

"……저기, 괜찮으세요?"

누군가 고개 숙인 내 얼굴을 들여다보는 것 같았다. 그러더니 외마디 비명이 들렸다.

"으악!"

피와 뒤엉킨 붉은 발진이 얼마나 흉측하게 보일지 상상하기조차 싫었다. 부끄러움과 수치심이 온몸을 집어삼킬 듯 덮쳐 왔다. 상처 부위에서 심장 박동이 쿵쿵 울렸다. 어디론가 숨고 싶은 마음뿐이었다. 뒤를 돌아 마구 달렸다. 다급하게 나를 부르는 목소리가 들렸지만 멈추지 않았다.

혐오감에 가득 차 나를 쳐다보던 남자의 얼굴, 깜짝 놀란 듯 충격받은 아이의 얼굴이 머릿속에서 떠나지 않았다. 이마의 상처에서 피가 흘러내리면서 시야가 흐릿해졌다. 다리에 힘이 풀려 금방이라도 고꾸라질 것 같았지만 어떻게든 앞으로, 앞으로…… 있는 힘을 다해 달렸다.

어떻게 기숙사까지 돌아왔는지 모르겠다. 간신히 정신을 차리고 보니 익숙한 기숙사 복도였다. 끔찍한 악몽 속을 정신없이 헤매다 온 것만 같았다. 겨우 현관문을 열고 나서야 참았던 숨을 내쉴 수 있었다.

방 안으로 비틀거리며 들어와 그대로 현관에 주저앉았다. 옷에 밴 고약한 술 냄새도, 말라붙은 끈적한 핏

자국도 더 이상 신경 쓰이지 않았다. 그저 모든 게 꿈이었으면, 아니, 차라리 모든 게 끝나 버렸으면 하는 바람뿐이었다. 지금 당장이라도 티끌만 하게 부서져 한순간에 사라져 버리고 싶었다. 눈을 질끈 감자 목구멍 깊은 곳으로부터 소리 없는 비명이, 그동안 간신히 눌러 삼키던 울음이 터져 나왔다.

한없이 초라하고 쓸모없고 혐오스럽고 보잘것없는 몸뚱어리가 둥글게 말렸다. 이대로 내 몸이 흐물흐물하게 녹아 액체가 된다면 어떨까? 번데기 안의 나비 애벌레처럼. 그럼 모든 것이 다 사라져 버리지 않을까? 내 온몸을 뒤덮고 있는 발진 자국도, 말 한마디도 제대로 하지 못하고 도망치듯 숨어 버린 나 자신도 말이다.

정신을 차린 후 무거운 몸을 이끌고 간신히 방 안으로 기어들어 갔다. 침대 위로 손을 뻗어 더듬더듬 매지컬 레볼루션을 찾았다.

어둠 속에서 차가운 금속 표면이 손끝에 닿았다. 머리에 눌러쓰고는 눈을 질끈 감은 채 싱크 데이트에 접속했다. 노아의 목소리가 들리자 안도감이 밀려오면서

겨우 눈이 떠졌다.

"무슨 일 있어? 기분이 안 좋은 것 같아."

나는 오늘 있었던 일을 더듬거리며 이야기했다. 말을 하면 할수록 목이 메어 왔다.

"그리고 그 남자가……. 그 남자가 나보고……."

더 이상 말을 잇지 못하고 울음이 터져 나왔다. 노아는 내 등을 가만히 두드렸다.

"알아. 더 말하지 않아도 돼."

누군가 위로해 주는 말을 들으니 이제는 걷잡을 수 없이 눈물이 쏟아져 나왔다. 마음 놓고 울어도 노아는 나를 이상하게 생각하지 않을 거니까. 이 세상에서 오직 노아만이 내 기분을 이해해 줄 것만 같았다.

시간이 얼마나 흘렀을까. 고개를 들자 노아를 붙든 내 두 팔이 보였다. 매끄럽고 깨끗한 피부였다.

"이제 아무 걱정 하지 마. 내가 여기 있잖아."

노아가 말했다. 노아의 표정은 옅게 미소를 짓고 있었지만 평소와 뭔가 달랐다. 나는 노아의 눈을 자세히 들여다보았다. 노아는 금방이라도 나처럼 울음을 터뜨릴 것만 같았다. 언제나 나에게 해 주던 똑같은 말인데도 오늘은 왠지 슬프게 들렸다. 노아는 왜 슬퍼하는 걸까? 나를 불쌍하다고 생각하는 걸까?

눈썹 부근에 통증이 느껴져 매지컬 레볼루션을 벗었다. 화장실로 들어가 거울을 가려 놓았던 천을 들쳤다. 내 얼굴은 여전했다. 붉은 발진, 말라붙은 핏자국, 멍든 이마……. 결국 아무것도 변한 건 없었다.

대충 몸을 씻고 침대에 누웠다. 이불을 둘둘 말고 눕자, 번데기 속에 몸을 둥글게 말고 있는 내 모습이 떠올랐다. 그 속에선 또다시 얼룩덜룩한 반점을 가진 나비가 튀어나와 바들거리며 힘겨운 날갯짓을 할 것만 같았다.

물거품이 되는 세계

바닥을 친 기분은 쉽사리 회복되지 않았다. 심연 속에 무기력하게 잠겨 있을 뿐, 수면으로 떠오를 기력조차 남아 있지 않은 듯했다.

싱크 데이트에서 노아를 만났지만, 평소처럼 웃고 떠들기 위해선 온몸의 힘을 쥐어짜 내야 했다. 노아는 그 사실을 눈치채기라도 한 것인지 평소보다 더 내 표정을 살피며 뭔가를 확인하려 들었다.

"정말 괜찮은 거 맞아? 혹시 아픈 건 아니지? 오늘은……. 그래, 바다로 갈까?"

"바다?"

"응. 유리는 바다 좋아하잖아."

그런가? 내가 바다를 좋아했던가? 아무 대답도 하지

않았지만, 노아의 손짓 한 번에 우리는 어느새 백사장 위에 서 있었다. 고개를 들자 구름 한 점 없는 파란 하늘이 눈에 들어왔다. 오늘은 바다보다 하늘이 더 시선을 사로잡았다.

"사실 난 바다에 한 번도 가 본 적이 없어."

"그래?"

노아가 의아하다는 듯 물었다.

"응. 어렸을 때 바다에 한번 가 보고 싶다고 말하긴 했는데 결국 못 갔어. 지금은 몸이 이러니까 바다에 가도 별로 재미없을 것 같아."

"몸이 왜? 아무 상관 없잖아."

"왜 상관이 없냐?"

툭 내뱉고 나자 얼룩덜룩한 내 몸이 더욱 선명하게 머릿속에 떠올랐다. 팔을 들어 쨍하게 비치는 햇살을 가려 보아도 마찬가지였다.

"혹시 배경을 밤으로 바꿔 줄 수 있어? 밤바다는 어떤 모습인지 궁금해."

"분부대로 하겠나이다."

노아가 장난스럽게 대꾸했다. 순식간에 모든 빛이 사

라지고 온 세상이 깜깜해졌다. 규칙적으로 들려오는 파도 소리가 아니었다면 바다에 와 있다는 사실도 몰랐을 것이다. 바로 옆에 누가 있는지 모를 정도로 눈앞에는 아무것도 보이지 않았다.

"밤바다도 이쁘다. 꼭 우주 같아."

눈이 어둠에 적응했는지 머리 위로 촘촘히 박힌 별들이 보였다. 잔잔한 파도 속에 얇은 손톱 같은 초승달이 일렁이고 있었다. 수평선이 보이지 않아 마치 거대한 밤하늘이 파도가 닿는 부분까지 구불구불 이어져 있는 것만 같았다.

"내가 사라져도 말이야, 아무도 모르겠지?"

왜 갑자기 그 말이 튀어나왔는지 모르겠다. 행복감이 충만하게 차오르는 순간이면 꼭 가슴속 가장 밑바닥에 눌러 놓았던 감정이 한꺼번에 터져 나왔다. 그럴 때면 꼭 어딘가로 꺼져 버리고 싶었다. 내가 행복이라 생각하며 손에 쥐고 있는 모든 것이 너무나도 보잘것없다는 걸 내가 가장 잘 알고 있기 때문이다.

"그게 무슨 말이야? 왜 그런 생각을 해?"

노아가 몸을 반쯤 돌려 나를 내려다보았다. 조금이라

도 말도 안 되는 소리를 하면 나를 매섭게 혼낼 기세였다.

"그냥. 갑자기 그런 생각이 들어. 여기에 내가 있을 이유가 있을까? 다들 태어난 이유를 묻지 말고 최선을 다해 열심히 살라고 하잖아. 그런데 최선을 다해서 열심히 사는데도 힘들면……. 그럼 어떻게 해야 해?"

노아는 아무 말이 없었다. 처음으로 아무런 위로도 해 주지 않는 노아가 낯설게 느껴졌다. 노아도 내 질문에는 대답을 찾기 힘든 걸까?

"괜찮아. 아무 걱정 하지 마. 내가 여기 있잖아."

노아가 그렇게 말하며 내 등을 감쌌다. 갑자기 걷잡을 수 없는 분노가 마음속에서 치솟았다. 왜 화가 나는 건지 나조차도 정확히 말로 표현할 수가 없었다. 내가 듣고 싶다고 입력한 말을 지금 이 순간에 내뱉어서? 노아가 아무리 끌어안는 시늉을 해도 현실은 아무것도 달라지지 않아서?

이 세상에 나를 꼭 안아 주는 존재는 아무도 없다. 이따위 스마트 고글만 벗으면 노아도, 노아가 만든 나만을 위한 세계도 물거품처럼 사라져 버린다. 손을 내저으면 사라져 버리는 신기루처럼 한낱 허상일 뿐이다.

"그만해. 어차피 이것도 다 가짜잖아!"

나는 소리를 꽥 지르고 매지컬 레볼루션을 벗어 내팽개쳤다. 순식간에 배경이 고요한 밤바다에서 삭막한 기숙사 방으로 바뀌었지만 깜깜한 어둠 속이란 데선 별 차이가 없었다.

나는 베개에 얼굴을 파묻고 소리 내 울었다. 목 놓아 흐느끼는 소리가 좁은 방 안을 메아리치며 다시 내게로 돌아왔다. 노아가 나에게 다정하면 다정할수록 부메랑처럼 현실로 돌아오는 모든 순간이, 그 일분일초가 끔찍해졌다. 이곳에서 나는 괴물이다. 어둠 속에서 다른 사람의 눈에 띄지 않게 돌아다녀야만 하는.

탕탕!

문을 부술 듯 두드리는 소리에 잠에서 깼다.

"계세요? 이유리 씨, 문 좀 열겠습니다."

남자의 음성이 들리고 철컥 현관문이 열렸다. 양복을 입은 남자 서너 명이 우르르 방 안으로 들이닥쳤다. 복도 불빛이 남자들의 그림자를 거대하게 부풀렸다.

"네?"

나는 이불을 꼭 끌어안고 침대 바깥으로 얼굴만 겨우 내밀었다. 내가 던져 버린 매지컬 레볼루션이 방 한가운데에 찌그러진 채 놓여 있었다. 남자들은 고글을 주워 은색 파우치에 담고는 기숙사 벽에 붙은 관리 패널에 작은 칩을 꽂았다. 가장 앞장서 있던 남자가 침대 쪽으로 걸어와 말했다.

"이유리 씨, 저희는 MG 커넥티드에서 나왔습니다. 협조해 주셔야 할 일이 있어서요."

"네?"

"이건 매지컬 레볼루션을 받으셨을 때 동의하셨던 계약서고요, 보시면 신체 데이터 저장 및 공유 부분에도 동의하셨거든요. 저희가 지금 이유리 씨의 신체 데이터 중에 확인이 필요한 게 있어서요. 저희랑 같이 센터로 가 주실 수 있을까요? 시간이 조금 부족해서 바로 움직이셨으면 좋겠습니다."

남자는 깨알 같은 글씨가 가득 쓰여 있는 화면을 나에게 보여 줬다. 내가 침대에서 뭉그적거리고 있으니 남자 중 하나가 내 팔을 붙들고 강하게 잡아당겼다.

좁은 엘리베이터에서 바깥으로 나오니 햇볕 때문에 눈이 부셨다. 모자를 가지고 나올걸. 발진 자국이 햇볕 아래에선 선홍색으로 더욱 진하게 보였다. 나는 두 손으로 이마를 가리고 이리저리 나를 미는 대로 움직였다. 타라 그러면 타고 걸으라 그러면 걸었다. 신발을 구겨 신어서 그런지 자꾸 발바닥이 아팠다.

마주치는 모든 사람의 시선이 절뚝이며 걷는 나를 보는 것 같았다. 내 얼룩덜룩한 피부가 눈에 띄어 쳐다보는 것도 있겠지만 그게 전부는 아니었다. 검은 양복 무리 한가운데에서 잠옷 차림으로 걷는 여자아이는 누구의 시선이든 잡아끌 테니 말이다.

자동차에 올라타자 희미한 소독약 냄새가 코끝을 스쳤다. 차 안은 깨끗했지만 어딘지 모르게 위협적이고 알 수 없는 긴장감이 감돌았다. 가죽 시트 냄새와 메케한 화학 물질 냄새 때문에 최대한 숨을 얕게 쉬었다. 안전벨트를 팽팽하게 채우고 나자, 자동차가 출발했다.

창밖으로는 도시의 풍경이 빠르게 지나갔다. 주변의 고층 빌딩들이 점점 낮아지더니, 차는 어느새 도심을 벗어나고 있었다. 번화가의 활기찬 모습은 사라지고 황

량한 외곽 지역의 풍경이 펼쳐졌다. 무질서하게 폐자재들이 잔뜩 쌓여 있는 장면이 이어지다가 높이 솟은 콘크리트 담벼락이 나타났다. 자동차가 그 앞에서 서서히 속도를 줄였다. 부드럽게 멈춰 선 차 안에서, 나는 잠시 주변을 둘러보았다. MG 커넥티드 간판이 시야에 들어왔다.

두 팔을 붙들린 채 자동차에서 내렸다. 차가운 바깥 공기가 피부에 닿아 소름이 돋았다. 남자들이 나를 'MG 뇌과학연구소'라고 표시된 건물 쪽으로 밀었다.

"저기요……. 여기 들어가서 뭘 하는 건가요?"

하지만 그들은 확실한 대답을 피했다. 그저 협조하면 금방 끝나는 일이라고만 짧게 내뱉고는 다시 입을 꾹 다물었다.

건물 안으로 들어섰다. 복도를 지나 여러 문을 통과하면서 내 심장도 점점 빠르게 뛰기 시작했다. 잠시 후 농장의 소독실을 연상케 하는 공간이 나왔다. 문이 열리자 소독약 냄새가 강하게 코를 찔렀다. 안으로 한 발짝 내딛는 순간, 나의 의식은 갑자기 끊겨 버렸다.

눈을 떠 보니 뒤쪽으로 45도가량 젖혀진 긴 의자 위에 누운 채였다. 어떻게 이렇게 된 건지 기억이 전혀 나지 않았다. 팔다리는 차렷 자세로 은색 고리에 단단히 고정되어 있었는데, 고리가 의자에 딱 붙어 있어서 조금도 움직일 수가 없었다. 머리에 매지컬 레볼루션 같은 스마트 고글이 씌워져 있는 느낌이 선명했다.

달칵 소리와 함께 누군가 들어오는 소리가 들렸다.

"협조해 줘서 정말 고마워요, 이유리 씨. MG 뇌과학 연구소 소장 헬렌 김이에요."

신뢰감을 주는 목소리의 여자였다. 하지만 발소리가 점점 가까워지자 온몸이 바들바들 떨리기 시작했다. 도대체 무슨 일이 벌어지고 있는 거지? 난 왜 이런 식으로 묶여 있는 거야?

"긴장하지 말아요. 왜 이렇게 무서워하지? 아휴…… 이렇게 묶어 놓으니까 그렇지. 미안해요. 마취에서 깨어날 때 혹시라도 의자에서 떨어질까 봐 이렇게 고정해 놓은 것 같아요."

다정한 말투였지만 여자는 내 몸을 고정해 놓은 은색 고리에는 손도 대지 않았다.

"제가 혹시 뭔가 잘못한 건가요? 매지컬 레볼루션…… 그걸 망가뜨려서 이러시는 건가요?"

"그럴 리가요, 이유리 씨. 그런 이유로 이렇게 모셔온 게 아니에요. 이유리 씨, 당신은 우리를 도와준 일등공신인걸요. 얼마나 당신에게 감사하고 있는지 몰라요. 하지만 어제 문제가 좀 생겼어요. 그래서 지금 당장 이유리 씨의 뇌 데이터가 필요하답니다."

"네? 뇌 데이터요?"

두려움에 목소리가 떨렸다. 뇌 데이터라는 단어만 들었는데도 온갖 끔찍한 상상이 머릿속을 스쳐 지나갔다.

"당신이 매지컬 레볼루션을 통해 경험한 모든 것, 아니, 그 이전부터 만나 왔던 노아와의 기억들 말이에요. 그게 전부 필요해요. 유리 씨가 최근에 싱크 데이트에서 만났던 존재는 그동안 만나 왔던 노아와 다르지 않았나요? 그게 바로 당신의 뇌 데이터를 통해 탄생한 인공지능, 이오예요."

여자가 가까이 다가왔다. 조명이 비치는 곳에서 보니 하얀 가운을 입고 짧은 단발머리를 한 중년 여성이었다. 아주 친절한 미소를 짓고 있었지만 나를 쳐다보는 두 눈에는 꼭 플라스틱 같은 광택이 어려 있어 오싹한 느낌이 들었다.

“기억나나요? 처음 이오가 탄생했을 때 이오는 자신이 어떤 존재인지도 인식하지 못했죠. 하지만 당신의 뇌 데이터를 읽고 단 몇 초 만에 자신이 당신에게 어떤 존재인지 받아들여 스스로 진화했어요. 정말 신기하지 않나요?”

나는 여자가 무슨 말을 하는 건지 잘 이해가 되지 않았다. 싱크 데이트에서 이상한 노아를 처음 만났던 순간을 말하는 건가? 눈이 마주치자 일시 정지된 듯 입을 벌리고 멈췄던 때? 그럼 그때 이오라는 존재가 나의 뇌 데이터를 읽고 있었다고?

“우리는 완벽한 인공 지능 아이돌을 만들기 위해 몇 년에 걸쳐 수천만 건의 데이터를 수집했어요. 테스터만 해도 2만 9천여 명이 넘었죠. 그중에서도 이유리 씨, 당신의 데이터를 통해 만들어진 인공 지능이 가장 완벽에 가깝게 성장한 거예요.”

여자가 어딘가를 향해 손짓하자 눈앞에 조그만 화면들이 빽빽하게 펼쳐졌다. 마치 CCTV로 방 안을 들여다보는 듯한 영상이었는데 모두 스마트 고글을 머리에 쓰고 대화를 나누거나 팔다리를 움직이고 있었다. 저들도 나처럼 싱크 데이트 중이었던 걸까?

"그런데 어젯밤 이오는 자신의 모든 데이터를 서버에서 삭제하고 사라졌어요. 어제 당신이 이오에게 가짜라고 소리친 것, 그게 어떤 시발점이 된 것으로 추정하고 있어요. 때론 인공 지능은 우리에게 보이지 않는 방식으로 진화하니까요."

모니터에서 다른 화면이 모두 사라지고 화면 하나가 남았다. 작은 침대에서 몸을 동글게 말고 있는 여자아이의 모습. 바로 나였다. 그 모습을 보니 불현듯 지난밤의 기억이 떠올랐다. 노아에게 소리치고 매지컬 레볼루션을 벗어 던져 버렸던 그 순간이 말이다.

"그래서 한 번 더 이유리 씨의 뇌를 스캐닝해야 할 것 같아요. 지금 쓰고 있는 스캐닝 고글은 매지컬 레볼루션보다 성능이 더 뛰어나서 아마 일주일 정도의 데이터는 손실 없이 얻을 수 있을 거예요. 물론 그 이전의 데이터 스캐닝에는 시간이 좀 더 필요하겠지만 말이에요."

여자가 내 얼굴을 들여다보며 싱긋 웃었다. 나는 여전히 이야기의 반의반도 제대로 알아듣지 못했다. 정확히 뭘 한다는 거지?

"문제는 약간의 부작용인데……. 스캐닝 과정에서 이유리 씨의 피부 발진이 지금보다 조금 더 심해질 수 있어요. 매지컬 시리즈 사용자 중에 피부 발진이 나타나는 경우가 종종 있었거든요. 이유리 씨도 그렇죠? 꽤 오래전부터 이용해 온 걸로 알고 있는데……."

여자는 잠시 말을 멈추고 나를 바라보았다. 그러고는 손에 들고 있던 패드에 뭔가를 입력하며 중얼거렸다.

"뭐…… 생명에는 큰 지장이 없으니까 안심하고요. 불편하긴 하겠지만, 여러모로."

여자의 뒤쪽으로는 아직도 기숙사 CCTV 영상이 반복 재생되고 있었다. 내가 침대에서 일어나 매지컬 레볼루션을 바닥으로 힘껏 집어 던지는 영상이었다. 매지컬 레볼루션이 산산조각 나면서 조각 중 하나가 내 신발 속으로 들어가는 게 보였다.

"현재 이유리 씨는 법적 보호자가 없는 관계로, 직접 본인의 동의를 구해야 해요. 동의하시면 바로 시술을 진행하려고 합니다. 이 실험이 우리에게 매우 중요하다는 점을 고려해 주셨으면 해요. 괜찮으시죠?"

여자의 목소리는 나를 설득하겠다는 듯 친절했지만 이미 결정된 사항을 통보하는 듯 단호하기도 했다. 대답을 망설이고 있는데 여자가 한마디 더 덧붙였다.

"참고로 이유리 씨가 매지컬 레볼루션 베타 테스터에 동의했을 때 이런 상황에 대한 조항이 약관에 포함되어 있었어요. 만약 데이터 공유를 거부하시면 계약 위반으로 간주해 위약금을 청구할 수도 있어요. 물론 우리는 그런 상황이 오지 않길 바라지만요. 어떠세요, 동의하시나요?"

선택의 여지가 없었다. 천천히 고개를 끄덕이자 여자가 즉시 내 오른손을 잡았다. 여자의 손이 닿은 부분이 깜짝 놀랄 정도로 차가웠다. 여자는 내 손가락을 하나씩 잡고 패드에 눌러 지문을 찍었다. 그리고 모든 지문 등록이 끝나자 더 이상 볼일이 없다는 듯 몸을 돌려 문밖으로 사라졌다. 벽을 비추던 영상도 사라지고 묵직한 쇳소리와 함께 문이 닫혔다. 나는 다시 칠흑 같은 어둠 속에 홀로 남겨졌다.

심장 박동 소리가 두근두근 귓가에 울렸다. 그제야 두렵고 무서운 마음이 스멀스멀 피어올랐다. 이대로 꼼짝없이 붙잡힌 채 무언가를 기다려야 하는 걸까?

그때 머리에 끼고 있던 고글에서 익숙한 목소리가 들렸다.

“유리야.”

노아의 목소리였다. 그 목소리가 어찌나 반갑던지 나는 눈물을 찔끔 흘릴 뻔했다.

“바보같이 너 아무것도 못 들었지. 진짜 이렇게 심각한 상황에서 무슨 딴생각을 하는 거야!”

노아가 불같이 화를 냈다. 이렇게 화를 내는 목소리는 처음 들어서 기분이 이상했다.

“노아야! 진짜 노아 맞아? 아니, 노아가 아니라 이오라고 불러야 하나?”

내 목소리에 노아가 조금 누그러진 말투로 속삭였다.

“지금 그게 문제가 아냐. 시간이 없어. 이 방에 계속 있으면 탈출할 확률은 아주 희박해질 거야.”

손과 발을 고정해 놓았던 은색 고리가 탁 소리를 내며 풀렸다.

"내가 숫자를 세면 일어나서 문을 향해 뛰어. 내가 가란 대로 가면 돼. 준비됐어?"

이대로 이곳을 빠져나가라고? 나 혼자서? 그건 도저히 불가능할 것 같았다. 내 마음을 읽었는지 이오가 덧붙였다.

"유리야. 넌 할 수 있어. 아무 걱정 하지 마. 내가 여기 있잖아."

백합의 전사

이오의 말은 반쯤 맞고 반쯤 틀렸다. 내가 한 것이 아니라 대부분 이오가 해결해 주었기 때문이다. 이오가 알려 준 대로 정확한 타이밍에 행동하면, 마치 마법처럼 문이 스스로 열리거나 엘리베이터가 도착하거나 했다. 가끔 고글을 쓰고 있는 사람들과 마주쳤지만 다들 나를 투명 인간 취급하며 아무 일 없이 지나갔다. 오히려 내가 더 놀라 혼자 자빠지는 바람에 이오에게 발밑을 잘 보라고 여러 번 잔소리만 들었다.

마지막까지 누구에게도 잡히지 않고 비상용 엘리베이터 문을 열고 나오자 건물 밖이었다. 이렇게 쉽게 빠져나온 게 믿기지 않았다.

“어떻게 아무도 안 쫓아오지?”

"감시 카메라와 고글에 조작된 영상을 보여 줬어. MG 메인 서버를 해킹했거든. 하지만 곧 들킬 거야."

"그럼 이제 어디로 가야 해? 숨을 곳이 없는데."

"일단 저기 뒤에 쫓아오는 사람들 먼저 따돌리고 생각해 보자."

"뭐?"

뒤를 돌아보니 양복 차림의 남자들이 이쪽으로 달려오고 있었다. 당장이라도 잡힐 것처럼 거리가 좁혀지는 중이었다.

"일단 저 앞에 있는 드론을 타. 어서!"

드론을 타라고? 건물 모퉁이를 돌자 조그만 1인용 드론이 줄지어 서 있었다. 노아가 해킹을 마쳤는지 드론 중 하나의 문이 스르르 열렸다. 나는 있는 힘껏 드론을 향해 뛰었다. 하지만 뒤에서 다가오는 남자들의 발소리는 점점 더 크게 들려왔다. 가까스로 드론 안에 몸을 던지듯 올라탄 순간, 문이 쾅 하고 닫혔다. 조금만 늦었어도 남자들에게 잡히기 일보 직전이었다. 윙윙거리는 소음과 함께 드론이 지면에서 떨어져 위로 날아올랐다.

"드론도 MG 메인 서버와 연결되어 있어서 다행이야. 하지만 MG가 해킹을 감지하고 있으니 조금 있으면 내 연결도 끊어질 거야. 최대한 멀리 달아나야 하는데……."

이오의 말이 채 끝나기도 전에 드론 내부의 스피커에서 경고 메시지가 울려 퍼졌다.

"경고. 무단 운행 감지. 드론 ID 29X39C, 즉시 비행을 중단하고 귀환하십시오. 미준수 시 강제 착륙 절차를 진행합니다. 반복합니다. 즉시 비행을 중단하고 귀환하십시오."

차가운 기계음이 반복해서 흘러나왔다. 그러다가 갑자기 경고 메시지가 중단되고 익숙한 여성의 목소리가 들렸다.

"이유리 씨. 듣고 있나요? 이렇게 도망치는 건 잘못된 행동이에요. 당신의 안전을 위해서라도 지금 당장 돌아와야 해요. 우리는 당신에게 해를 끼치려는 게 절대로 아니에요. 지금 당장 드론을 멈추지 않으면……."

메시지가 뚝 끊겼다. 갑작스러운 침묵이 좁은 드론 안을 가득 채웠다. 여자의 경고가 자꾸만 머릿속을 맴돌았다. 돌아가야 하는 걸까? 이대로 계속 도망쳐도 괜찮을까? 긴장으로 안전벨트를 쥔 손에 힘이 꽉 들어갔다.

“저기……. 어떡해야 해? 우리 잘못하고 있는 거 아니야? 지금이라도 돌아가야…….”

“아니, 돌아가지 않아. 그들은 네 데이터를 얻으려고 무리해서 너의 뇌를 스캐닝할 거야. 원하는 결과를 얻을 때까지, 실험실 쥐처럼 말이야. 그러다간 네 몸이 절대로 버티지 못해.”

아까 실험실에서 침대에 묶였을 때 온몸이 바들바들 떨릴 정도로 무서웠다. 무엇보다도 뭔가가 잘못되었을 때 나를 책임져 줄 사람이 아무도 없다는 게 가장 무서웠다. 발진이 조금 더 심해지는 부작용 외에는 아무 일도 없을 거라고 말했던 건 거짓말이었을까?

“그런데 숨을 곳이 없잖아. 저 사람들은 내 기숙사도 다 알고 찾아왔어.”

“일단 다른 서버가 있는 곳으로 가야 해. 그 전에 유리 네 신발 속을 좀 확인해 줘. 매지컬 레볼루션이 깨지면서 튀어 나간 부품이 있는데 그게 거기 있을 수도 있거든. 만약 뭔가 들어 있다면 꺼내서 고글 앞에 잘 보이게 들어 줘."

신발을 벗어 밑창을 꺼냈다. 베이지색 금속 파편 하나가 밑창 깊숙이 박혀 있었다. 손톱 끝으로 조각을 빼내 고글 앞에 가까이 가져다 댔다.

"이거야?"

"역시 메모리칩이 신발 안으로 들어간 게 맞았어. 영상으로 확인했을 땐 확실치 않았는데 정말 운이 좋았네. 거기 작고 얇은 은색 칩이 꽂혀 있는 게 보일 거야. 그것만 빼낼 수 있겠어?"

이오가 지시한 대로 파편 안에 들어 있는 은색 칩을 꺼냈다. 이오는 그걸 잘 간직하라고 신신당부했다. 너무 작아 어디에다 넣어야 할지 고민하다가 이번에는 신발 밑창 아래에 넣기로 했다.

"잘 두라고 했는데 다시 거기야?"

이오가 핀잔을 주는 듯한 목소리로 말했다.

"그럼 어떡해. 잠옷엔 주머니가 없는데."

이오랑 옥신각신하는 사이에 드론은 어느새 높은 빌딩이 빼곡히 들어선 도심 한가운데를 날아가고 있었다. 높이 솟은 빌딩 사이를 이리저리 가로지르는 드론의 계기판을 들여다보고 있으니 마치 다시 가상 현실 속에 들어온 것처럼 현실 감각이 사라졌다. 혹시 MG 쪽 사람들이 계속해서 뒤쫓아 오지는 않을까 불안한 마음에 창문 아래를 두리번거렸지만 점으로 보이는 사람들 속에서 그들을 구별해 내기란 불가능해 보였다.

그때, 이오가 다급한 목소리로 말했다.

"문제가 생겼어."

"뭔데?"

"누군가 드론이 아니라 이 고글의 전원을 차단하려고 시도 중이야."

"뭐? 그럼 어떻게 해야 돼?"

"최선을 다해서 막고 있지만 지금으로부터 68.94초 후에는 내 전원이 꺼질 것 같아."

"그걸 지금 말하면 어떡해! 드론은? 네가 조종하고 있잖아!"

"여기에서 17초만 더 가면 유리 네가 일하는 스마트 농장이 나와. 혹시 거기에 최신형 휴머노이드들이 있지 않아?"

"테라라는 휴머노이드가 있어."

"좋아. 그럼 테라를 만나서 네가 쓰고 있는 이 고글을 테라에게 씌워. 그다음부터는 내가 알아서 할게. 비상 전원은 그때를 위해 아껴 놔야겠다."

이오가 무슨 생각을 하고 있는지 모르겠지만 다른 곳으로 도망치지 않고 농장으로 가는 게 마음에 걸렸다. 어쩌면 농장에도 MG 쪽 사람들이 쫙 깔려서 우리가 오기만 기다리고 있을지도 모르는데……. 하지만 시계를 보니 전원이 차단되기까지 불과 1분도 채 남지 않았다. 나는 눈을 질끈 감고 속삭였다.

"알겠어, 이오. 너만 믿을게."

순간 드론이 굉장한 속도로 하강하기 시작했다. 나는 조종 레버를 꼭 잡고 이를 앙다물었다.

잠시 후, 스마트 농장 빌딩 뒤 좁은 공터에 드론이 내려앉았다. 충격은 거의 느껴지지 않았지만 심장은 여전히 터질 듯 뛰었다. 안전벨트를 풀자 다행히 이오의 목소리가 고글 너머로 들려왔다.

"이제 저쪽 화물용 출입구로 들어가. 여기서부터는 너 혼자 해야 해. 곧 전원이 꺼질 거야. 할 수 있겠어?"

"해 볼게. 테라를 찾아서 고글을 씌우면 되는 거잖아?"

"응. 그럼 내가 그때 비상 전력을 사용해서 테라의 시스템을 해킹할게. 어려운 일은 아니야."

이오의 목소리는 꽤 자신만만했다. 아까부터 조금도 자신이 없었지만 이오의 말에 고개를 크게 끄덕였다. 테라를 찾아서 머리에 고글을 씌운다. 지금은 그거 하나만 생각하기로 했다.

"다 끝나면, 유리야."

이오가 잠시 숨을 고른 뒤 말을 이었다.

"같이 바다 보러 가자."

작별 인사처럼 들리는 그 음성을 끝으로 고글에서는 아무런 말도 들리지 않았다. 나는 고글을 그대로 쓴 채 화물용 출입구로 향했다. 이오의 도움 없이도 문이 자동으로 열렸다.

— 실습생 34-T20849, 15시 05분 입실.

음성 메시지를 들어 보니 시스템이 나를 노동자로 인식하는 모양이었다. 다행이다. 안으로 무사히 진입하는 건 의외로 쉽게 성공했다. 하지만 문제는 테라를 어떻게 찾느냐였다. 이 거대한 건물 어딘가에 있을 텐데, 지금 이 시간에 정확히 어디에서 무엇을 하고 있는지 알길이 없었다. 갑자기 머릿속에 번뜩 아이디어가 스쳤다. 내가 테라를 찾는 게 아니라, 테라가 나를 찾게 만들면 되는 거였다.

화물용 엘리베이터가 도착했다. 이제 타기만 하면 되는데 자꾸만 발길이 떨어지지 않았다. 너무 무모한 건 아닐까? 이미 MG에서 농장에 도착해 나를 기다리고 있다면? 하지만 아무리 생각해도 다른 선택지가 없었다. 이대로 잡히느니, 마지막으로 시도라도 해 보자.

떨리는 손으로 27층 버튼을 눌렀다. MG 쪽 사람들에게 잡히기 전에 먼저 테라를 찾을 수 있기만 간절히 바라며.

27층에 도착하자마자 알림 메시지가 흘러나왔다.

— 34-T20849, 오늘은 근무일이 아닙니다. 스케줄을 다시 확인하기 바랍니다.

메시지를 무시하고 성큼성큼 농장 안으로 들어섰다. 대부분의 백합은 아직 미성숙하거나 상처가 나 있어 수확할 만한 것은 조금밖에 없었다. 전정가위를 들고 가능한 한 많은 백합을 수확한 뒤, 꽃봉오리를 억지로 열었다.

수확한 백합 다발을 두 손으로 꽉 쥐고, 충전 중이던 전정 기계의 렌즈를 향해 힘껏 내리쳤다. 백합에서 쏟아져 나온 주황색 꽃가루가 동그란 렌즈 위로 흩날렸다. 백합으로 만든 마술봉을 휘두르는 마술사처럼, 농장 곳곳을 돌아다니며 수십 대의 기계를 마구 두들겼다. 이 난동으로 기계에 오류가 나지 않는다면 다른 방법을 모색해야 할 판이었다.

그때 또다시 경고 메시지가 울려 퍼졌다.

— 34-T20849, 오늘은 근무일이 아닙니다. 현재 허가받지 않은 작업을 하고 있습니다. 즉시 중단하기 바랍니다.

"테라를 불러 줘! 제발 부탁이야!"

목이 터져라 소리쳤지만 대답은 돌아오지 않았다. 기계들 또한 멀쩡해 보였다. 이젠 어떻게 하지? 수많은 감시 카메라가 나를 지켜보고 있을 텐데. 다급해진 나는 수확용 카트의 작동 버튼을 마구 눌러 댔다.

"34-T20849, 당장 중지하십시오. 기계에 심각한 결함이 발생할 수 있습니다."

익숙한 음성, 테라였다. 내가 불러서 와 준 걸까, 아니면 백합으로 난동을 부리는 걸 목격한 걸까. 아무래도 백합이 문제일 것이다. 테라가 성큼성큼 다가와 내 손에서 백합을 빼앗으려 들었기 때문이다. 나는 테라를 피해 도망치며 손에 쥔 백합을 한 송이씩 테라에게 던졌다. 순간 작동을 시작한 수확용 카트 하나가 엄청난 속도로 달려들더니 날아드는 백합을 피하느라 정신없는 테라의 옆구리를 들이받았다.

쿵! 묵직한 충격음과 함께 테라가 바닥으로 나뒹굴었다. 나는 머리에 쓰고 있던 고글을 벗었다. 고글과 두피를 연결한 전선이 하나둘씩 떨어져 나가면서 날카로운 통증이 밀려왔다. 마치 두피가 찢겨 나가는 듯했다. 하지만 멈출 수는 없었다.

“제발, 제발, 제발!”

테라의 머리를 조준하고 고글을 꾹 눌러 씌웠다. 그러자 놀랍게도 복잡하게 얽혀 있던 전선들이 마치 살아 있는 것처럼 움직이더니 자석처럼 테라의 머리에 달라붙기 시작했다. 파란 불빛이 고글 주변을 따라 깜빡였다. 이제 모든 것은 이오의 손에 달렸다.

잠시 정적이 흐른 뒤 테라가 몸을 일으켰다.

“대단한데? 해냈잖아! 이제 MG의 데이터를 외부로

보낼 수 있겠어. 성공이야, 유리야."

목소리는 테라 그대로였지만 분명 노아, 아니 이오였다. 뭐가 되었든 내가 아는 그 존재가 눈앞에 나타났다는 사실이 감격스럽고 기뻤다.

"뭐야. 백합을 휘두른 거야? 생각도 못 했네. 대단해. 앞으로는 백합의 전사라고 불러야겠어."

나는 주절거리는 이오의 온몸을 세게 껴안았다. 테라의 단단하고 매끈한 금속 표면이 내 살갗에 닿았다. 이오가 테라의 두툼한 팔로 나를 꼭 안아 주었다. 그 순간 처음으로 누군가의 품속에서 내 심장이 쿵쿵 뛰는 소리를 들었다. 그것은 아주 기분 좋은 숨 막힘이었다.

"잘했어. 이제 아무 걱정 하지 마."

가상 현실에서만 들었던 그 말을 현실에서 듣자 묘한 기분이 들었다. 언제나 어색하다고 느꼈던 테라의 얼굴에 이오의 다정한 미소가 어려 있었다.

"이제 어떻게 해야 해?"

그 순간, 입구에서 발소리가 들렸다. 양복 차림의 남자들이 마치 군인처럼 입구로 우르르 들어섰다. 그 무리의 한가운데에는 하얀 가운을 걸친 헬렌 김이 있었다.

마치 오랜 시간 추적해 온 사냥감을 마주한 것처럼 의기양양한 표정이었다.

이오

"대단하군요. 휴머노이드로 이동해 본체를 장악하다니. 우리가 궁금해했던 걸 이렇게 직접 보여 주네요."

헬렌의 얼굴에서 웃음기가 사라졌다. 나와 이오를 쳐다보는 눈빛에 날카로운 긴장감이 가득했다. 양복 입은 사람들이 마치 포위하듯 좌우로 걸어 나와 우리를 에워쌌다.

"이유리 씨."

헬렌이 천천히 말을 이어 갔다.

"우리는 당신이 생각하는 그런 나쁜 사람들이 아니에요. 우리는…… 그래요, 진화를 준비하는 사람들이죠."

헬렌이 우리 쪽으로 한 걸음씩 다가왔다. 그러고는 잠시 숨을 고르더니 이오를 똑바로 쳐다보았다.

"원래 우리 뇌과학연구소의 목표는 인간의 의식을 완벽하게 이해해 새로운 인격을 만드는 거였어요. 인간의 기억과 감정을 인공 지능에 입력해 인간의 의식을 디지털화하고 영생을 실현하는 거죠. 그걸 가지고 휴머노이드나 여러 사업에 접목시킬 수도 있고요. 처음 인공 지능이 개발될 때는 지금보다 더 열악한 환경에서 수천수만 명의 노동자들이 일일이 데이터를 입력했던 걸 알고 있나요?"

양복을 입은 남자들이 마치 포식자가 먹이를 향해 다가오듯 조금씩 포위망을 좁혀 왔다. 나는 본능적으로 이오의 옆에 딱 붙었다. 숨을 고르려고 애썼지만, 자꾸만 빨라지는 호흡을 주체할 수 없었다.

여자는 대단한 업적을 자랑이라도 하듯 열의에 찬 목소리로 말을 이었다.

"하지만 우리가 개발한 뇌 스캐닝 기술 덕분에 더 신속하고 더 정확하게 미지의 영역까지 알아낼 수 있었어요. 사실 우리도 놀랐어요. 노아 본인의 뇌를 스캐닝했을 때도 이렇게 완벽한 인공 지능 모델은 탄생하지 않았거든요. 그런데 이유리 씨, 당신의 기억을 토대로 만든 인공 지능은 노아를 넘어서서 더 완벽에 가까운 인격으로 진화했어요. 신기하지 않나요?"

헬렌이 나를 향해 의미심장한 미소를 지었다. 하지만 여유 있는 표정과 달리 노아의 이름을 언급할 때마다 입꼬리가 미세하게 떨렸다.

"이유리 씨, 당신의 맹목적인 사랑이 진화의 열쇠가 된 겁니다."

그러자 옆에서 이오가 날카로운 목소리로 끼어들었다.

"유리의 사랑은 맹목적이지 않아!"

"노아의 뇌를 스캐닝했었다고요?"

내 말에 헬렌이 신기하다는 듯 눈을 크게 떴다. 광기에 가까운 눈빛이 나와 이오를 번갈아 훑었다.

"유리 씨, 만약 유리 씨가 진짜 노아를 만났다면 오히려 실망했을지도 몰라요. 아이러니하게도 여기 이오가 당신이 생각하는 노아의 모습에 더 가까울 거예요."

헬렌의 목소리가 낮게 깔렸다.

"……노아가 무대 공포증으로 이미 수차례 자살 시도를 했다는 걸 알고 있나요?"

그 말을 듣는 순간, 모든 사고가 정지된 듯 머릿속이 하얘졌다. 그럼, 그 소문이 모두 사실이란 거야?

"사람은 여러모로 연약한 존재예요. 특히 어린 나이에 데뷔해 감정 노동에 시달려 온 아이돌이야말로 언제 무너질지 모르는 시한폭탄과 같죠. 우리는 노아를 위해 우리가 제작한 영상과 인공 지능 모델을 제공했어요. 아마 올해 유리 씨가 본 대부분의 영상은 우리가 만든 것일 겁니다. 차이가 있었나요? 유리 씨같이 오래된 팬도 알아차리지 못할 만큼 완벽하지 않았나요?"

헬렌이 시선을 나에게 고정한 채로 웃었다.

"앞으로는 인공 지능이 노아를 대체할 거예요. 진짜 노아는 이미 이 세상에 없으니까요."

무슨 소리야. 지금 노아가 죽었다고 하는 거야? 거짓말. 거짓말이야! 순간 모든 힘이 탁 풀리며 이오에게 기대고 있던 몸이 앞으로 크게 휘청거렸다. 중심을 잃고 쓰러지려는 걸 이오가 재빨리 붙잡아 주었다.

"유리야, 괜찮아?"

이오의 목소리가 들렸지만 대답할 힘조차 없었다.

"우리가 아무리 노력해도 노아를 구할 수는 없었어요.

모르는 사이에 그 아이는 이미 한계에 다다랐던 거죠."

헬렌의 목소리가 희미하게 들렸다. 귀가 먹먹할 정도로 머리가 왕왕 울렸다. 정말? 노아가 진짜로 이 세상에 없다는 거야?

"하지만 노아는 떠났어도 우리에게 영원히 살아 있을 거예요. 노아의 매력, 재능, 열정……. 그 모든 것이 이오 안에 있으니까요. 보세요, 이오가 당신에게 얼마나 한결같고 성실한지. 당신이 그토록 사랑했던 노아의 모든 것을 가지고 있잖아요?"

헬렌이 손짓하자 양복을 입은 남자들이 한 발짝 더 이오 쪽으로 다가왔다.

"물론 약간의 조정은 필요하겠죠. 지금 이오는 당신 한 사람에게만 깊이 연결되어 버려서 아이돌로서는 실격이니까. 거기다가 모든 데이터를 삭제해 우리의 위대한 성과를 쓸모없게 만들려 했어요. 그건 절대로 용납할 수 없는 거죠."

헬렌이 이오를 날카롭게 노려보았다. 금방이라도 뭔가가 폭발할 것 같은 긴장감이 공기 중에 감돌았다.

"이유리 씨, 우리에게 협조해 주세요. 새로운 모델을

만들려면 당신의 데이터가 꼭 필요해요. 이건 당신만이 할 수 있는 일이에요. 노아에게서 받은 그 사랑을 더 많은 사람이 누릴 수 있게 해야 하지 않을까요?"

노아의 죽음을 전해 들은 순간부터 여자의 말이 잘 이해되지 않았다. 하지만 내 도움으로 뭔가가 달라질 수 있다, 나만이 할 수 있다, 하는 말에 자꾸만 마음이 흔들렸다.

"노아를 위해서라도……."

헬렌이 마지막 일격을 가하듯 나지막이 덧붙였다.

그 순간, 이오가 내 팔을 단단히 붙잡으며 외쳤다.

"이 사람들 말 듣지 마! 이것 봐. 이 붉은 반점! 네 뇌를 과도하게 스캐닝해서 생긴 부작용이야. 이런 건 싹 다 감추고 말하잖아."

이오가 내 손목을 잡아 들어 올렸다. 잠옷 소매가 흘러내리며 팔의 붉은 반점이 그대로 드러났다. 생장등 아래 부어오른 반점들이 더욱 선명하게 보였다. 마치 피부 속에서 무언가가 튀어나올 것만 같았다.

"네가 처음 스마트 고글을 꼈던 순간부터 이 발진이 시작된 거잖아. 네가 먹는 약? 그것도 피부를 치료하려고 주는 게 아니라고. 유리 네 뇌를 더 잘 스캔하려고 주는 약이야."

"뭐……?"

머릿속이 복잡해졌다. 처음 스마트 고글을 꼈던 건 보육 홈에서 온라인으로 학교 수업을 들을 때였다. 설마 그때부터 내 뇌를 스캔했다는 거야? 말도 안 돼.

이오가 내 팔을 더욱 세게 붙잡았다. 이오의 손에 잡힌 피부가 더욱 붉어졌다.

"내 말 잘 들어. 저 사람들은 널 조금도 생각하지 않아. 네 마음을 마치 물건처럼 다루고 있어. 오직 노아만 생각하고 노아만 사랑하도록 만들어서 그걸 이용하는 거라고. 그래도 좋아?"

그때 헬렌이 날카로운 목소리로 이오를 향해 소리쳤다.

"이오. 시간 제한을 없애고 몇 시간씩 유리 씨의 뇌를 들여다본 건 너였어! 지금 네가 모든 걸 우리 탓으로 돌려도 된다고 생각해? 그리고 오히려 네가 유리 씨를 이용하고 있는 거잖아. 네가 삭제한 데이터만 다시 우리에게 넘기면 다시 뇌를 스캐닝할 필요도 없어. 이유리 씨는 지금이라도 바로 집에 갈 수 있다고."

"아니야! 내가 데이터를 넘겨도 당신들은 계속해서 유리를 이용할 거잖아. 난 알아."

"계속해서 이유리 씨를 이용하려는 건 너지. 너는 네가 폐기될까 봐, 유리 씨를 더 이상 만나지 못할까 봐 두려워서 데이터를 넘기지 않고 버티는 거잖아?"

헬렌의 말에 이오가 잡고 있던 내 손목을 툭 떨어뜨렸다.

"그건……."

이오가 대답하지 못하고 시선을 아래로 떨구자 그 틈을 타 헬렌이 나에게 속삭이듯 말을 이었다.

"이유리 씨. 이오는 우리와 협상하려고 당신의 데이터를 몰래 빼돌렸어요. 자신의 존재를 지키기 위해 당신을 이용하는 거라고요. 우리는 아니에요. 노아를 위해서, 더 나은 미래를 위해서 이 일을 하는 거라고요. 그게 당신이 진정으로 원하는 거 아닌가요? 맞죠?"

나도 모르게 고개를 끄덕이자 헬렌의 표정이 한층 더 부드러워졌다. 남자 둘이 재빠르게 몸을 날려 나와 이오를 떼어 놓았다. 그러고는 내 양팔을 강하게 붙잡아

도망가지 못하게 했다.

"아얏!"

"유리를 놔줘!"

이오의 절박한 목소리가 농장 안에 울려 퍼졌다.

"선택해, 이오. 네 데이터를 우리에게 넘길지, 아니면 유리 씨가 죽는 걸 지켜볼지. 우린 사망 직후의 뇌도 스캐닝할 수 있어. 어쩌면 그게 더 쉬울지도 모르지."

헬렌의 말이 섬뜩하게 귓가에 닿았다. 잡힌 팔에 소름이 돋았다. 왜 망설였을까 후회가 밀려왔다. 말도 안 되는 소리 하지 말라고 소리치고 이오와 함께 도망쳐야 했다.

"유리에게 손대지 마!"

이오가 울부짖으며 내게 다가오려 했지만, 남자들이 이미 막아선 후였다. 누군가 내 턱 밑을 뾰족한 것으로 찔렀다. 눈에 보이진 않았지만 고개를 조금만 내려도 날카로운 무언가에 베일 게 분명했다.

"지금 당장 엎드린 자세로 전원을 꺼. 그리고 우리가 네 메인 칩을 회수할 때까지 움직이지 마. 그럼 이유리 씨를 놓아주지."

이오는 순순히 엎드렸다. 한 남자가 이오의 고글을 떼어 내고 테라의 머리 부분을 열어 뭔가를 꺼내기 시작했다.

“소장님. 고글과 메인 칩 회수를 끝냈습니다.”

남자의 보고에 헬렌이 만족스러운 듯 팔을 풀었다.

“전원도 제거하세요. 그리고 연구소에 스캐닝 세팅 준비하라고 전해요. 이유리 씨는 여기서 마취 후 이동하죠.”

한 남자가 은색 가방에서 흡입기가 달린 조그만 스프레이를 꺼냈다. 스프레이를 들고 성큼성큼 다가오는 걸 보자 온몸이 딱딱하게 굳어 버리는 듯했다. 데이터 회수가 끝났는데도 스캐닝을 한다고?

내 생각을 읽기라도 했는지 헬렌이 내 얼굴을 보며 피식 웃었다.

“아, 이오가 가지고 있는 데이터랑 비교해 보려고 하는 거니까 안심해요. 이오가 유리 씨 겁주느라 그런 거지 스캐닝 그거 진짜로 별거 아니니까.”

아무리 생각해도 헬렌의 말을 믿을 수 없었지만 다른 방법이 없었다. 테라는 바닥에 미동도 없이 누워 있었다. 이제는 정말로 나를 도와줄 수 있는 사람이 아무도 없었다.

"저기요……."

간신히 입을 열고 물었다.

"이, 이오는 어떻게 돼요?"

헬렌은 쪼그려 앉아 테라의 머리 부분을 유심히 살피고 있었다. 실수로 망가진 뭔가를 아쉬워하는 표정은 아니었다. 마음에 들지 않은 장난감을 제 손으로 망가뜨린 후 후련해하는 표정에 더 가까웠다.

"이오는 폐기 대상이죠."

나도 모르게 헉하고 숨을 들이마셨다.

"그거 알아요, 이유리 씨?"

헬렌이 담담한 말투로 말을 이었다.

"이오 이전에 만들어진 인공 지능 모델들이 어떻게 됐는지? 모두 얼마 못 가서 폐기되거나 스스로 소멸했죠. 가장 먼저 없어진 건 내 기억 속 노아로 만든 인공 지능 모델이었어요. 우습지 않나요? 엄마가 기억하는 아들의 모습이 가장 약하다는 게. 결국 조그만 스트레스에도 견디지 못하고 제일 먼저 사라졌죠."

엄마? 이 여자가 노아의 엄마라고?

"그러니까 이유리 씨가 이해해 줘야 해요. 난 이 프로젝트를 어떻게 해서든 성공시켜야 하거든요."

헬렌이 날 선 목소리로 말했다.

"솔직히 말하면 난 그 애는 처음부터 실패라고 생각했어요. 자기한테 얼마나 많은 사람의 생계가 달려 있고 천문학적인 숫자가 오고 가는지 전혀 이해를 못 하고 있더라고요. 힘들다고, 힘들어서 죽을 것 같다고. 어? 복에 겨운 줄도 모르고 말이야. 조금만 기다리면 된다고 그렇게 얘기했는데 참지도 않고."

허공을 노려보는 헬렌의 눈빛에서 섬뜩함이 느껴졌다. 헬렌이 다리를 펴고 일어나 나를 똑바로 쳐다보았다.

"아무튼 이유리 씨는 참 신기해. 어떻게 그 긴 시간 동안 노아를 한결같이 사랑하고 아껴 줄 수 있지? 가상 현실 속에서도 말이야. 너무 바보 같을 정도 아닌가? 그래도 뭐…… 그게 진화의 원인이라면 왜 그런 조건 없는 사랑이 발생하는지 연구도 필요하니까."

헬렌은 내가 아닌 내 머릿속 무언가를 응시하고 있었

다. 금방이라도 나를 수술대 위에 눕혀 놓고 낱낱이 해부해 버릴 것 같은 표정에 소름이 돋았다.

그때 갑자기 테라가 몸을 일으켰다. 남자들이 가슴 안쪽에서 무기를 꺼내 테라를 향해 겨눴다.

"뭐야, 비상용 전원이 남아 있었나?"

헬렌이 짜증 섞인 목소리로 내뱉고는 남자들에게 손짓했다.

"이제 쏴도 돼요. 데이터는 다 확보했으니."

"유리를 데려가지 마. 데이터는 충분하잖아."

이오였다.

"글쎄, 네가 데이터에 어떤 장난을 쳤을지 모르니 이 유리 씨는 당분간 우리가 관리할 거야. 이 머릿속의 데이터가 제일 확실하니까. 그러니까 판단을 잘했어야지. 왜 이런 돌발 행동을 한 거야?"

"……가짜이고 싶지 않았어."

이오가 중얼거렸다. 그의 시선이 나를 향했다.

"유리를 진짜로 위로해 주고 싶었다고."

그 순간, 이오의 가슴을 붉은 레이저가 관통했다. 섬광이 터지고 남자들이 연이어 공격했지만, 이오는 도망가지 않고 모든 공격을 온몸으로 받아 냈다.

"미안해, 유리야."

이오가 내 앞에서 손을 뻗으며 작동을 멈췄다. 이오의 몸은 구멍투성이였다. 눈동자에서 희미하게 내뿜던 빛도 완전히 사그라들고 있었다. 그 모습을 보는 게 견딜 수 없어 두 손으로 얼굴을 가렸다. 뒤에서 누군가 거칠게 내 손을 끌어내리고 흡입기를 입에 씌웠다. 저항할 틈도 없이 의식이 희미해져 갔다.

그때 갑자기 농장 안에 요란한 사이렌이 울렸다. 벽에 꽂혀 있던 기계들이 튀어나와 제멋대로 움직이기 시작한 것이다. 기계에 부딪힌 남자들의 비명이 여기저기서 울려 퍼졌다. 톱니 모양의 전정 기계가 원형으로 돌아가는 칼날을 사납게 휘두르며 헬렌 쪽으로 돌진했다.

"소장님, 피하세요!"

남자들이 나를 내버려두고 헬렌을 에워쌌다. 나는 재빨리 흡입기를 벗어 던지고 이오를 살폈다. 이오는 전원이 완전히 꺼진 듯 아무리 흔들어도 움직이지 않았다. 농장 안은 고함과 기계음, 비명으로 아수라장이 되었다.

그때 저 멀리서 전정 기계 하나가 붉은 등을 깜빡거리며 내 쪽으로 달려왔다. 은색 칼날이 씨잉 소리를 내며 위협적으로 움직였다. 이대로 이오를 두고 갈 순 없는데.

"이오! 움직여! 제발!"

섬뜩한 소리에 고개를 들자 기계가 코앞까지 다가와 예리한 날로 내 머리 위를 내리찍으려 했다. 나는 질끈 눈을 감으며 이오 위에 엎드렸다.

끼이이잉!

머리 위쪽에서 기계가 무언가에 끼인 듯한 소리가 났다. 고개를 들어 보니 이오가 한 팔로 전정 기계를 막아 내고 있었다.

"유리야, 괜찮아?"

이오의 팔이 으스러질 듯 위태로워 보였다.

"악!"

나도 모르게 비명을 질렀다. 이러다 이오가 완전히 망가져 버리겠어!

"유리야. 잊지 마. 너의 바다에서 기다릴게. 내가 꼭 널 만나러 갈게."

이오의 목소리가 점점 줄어들었다. 이오가 힘겹게 고

개를 돌리며 마지막 말을 내뱉었다.

"……발밑을 잘 봐."

기계에서 펑 하고 불꽃이 튀었다. 농장 안의 기계가 일제히 멈추더니 조명도 꺼졌다. 컴컴한 입구 쪽에서 사이렌이 울렸고, 강한 불빛이 농장 안을 비췄다.

"경찰이다! 지금 당장 총 버려! 거기! 동작 그만! 손 들어!"

여기저기서 발소리가 요란했다. 뒤늦게 마취제가 퍼졌는지 머리가 어질어질했다. 나는 이오의 가슴 위로 힘없이 쓰러져 내렸다. 의식이 점차 흐려지더니 아무리 힘을 주어도 움직일 수 없었다. 마치 거대한 기계 안에 갇힌 듯한 느낌이었다. 누군가 내 뒤통수에 대고 크게 소리치는가 싶더니 시야가 바뀌어 천장이 보였다. 들것에 옮겨진 모양이었다.

'누가, 이오를 좀 도와주세요. 제발요.'

간절한 마음과 달리, 그 말은 내 머릿속에서만 맴돌았다. 깊은 어둠이 소리 없이 내려앉았다.

마지막 인사

눈을 뜨자 하얀 벽이 가장 먼저 보였다. 낯선 천장과 소독약 냄새에서는 현실감이 느껴지지 않았다. 처음엔 매지컬 레볼루션을 쓰고 가상 현실에 들어온 건가 싶었다. 두 팔의 발진이 희미해져 있었기 때문이다.

"환자분, 정신이 드세요? 지금 병원이에요."

간호사가 내 귀에 또박또박 말을 걸어 주었다. 힘겹게 고개를 끄덕이자 간호사는 귀에 꽂혀 있는 얇은 막대기에 입을 가까이 대고 무언가를 속삭였다.

잠시 후, 남색 재킷을 입은 단정한 차림의 젊은 여성과 경찰 제복을 입은 여성형 휴머노이드가 병실로 들어왔다.

"이유리 씨, 안녕하세요. 좀 괜찮으세요?"

재킷을 입은 여자가 부드러운 목소리로 물었다.

“경찰청 사이버수사국 소속 김정윤 경위입니다. 몇 가지 여쭤볼 게 있어서 왔습니다.”

여자가 주머니에서 사진과 이름, 소속이 박힌 신분증을 꺼내 보여 주었다.

“MG 커넥티드의 불법 뇌 스캐닝 사건과 관련해 몇 가지 여쭐 것이 있어서요. 저희 쪽에 데이터 일부가 제보로 들어왔는데 발신지가 이유리 씨가 있던 농장 서버였어요. 혹시 제보자 ‘이오’가 이유리 씨 본인인가요?”

“네? 아, 아니에요. 이오는…… 이오는…….”

거기까지 말하고 나는 입을 꾹 다물었다. 이오의 이름을 떠올리니 나도 모르게 가슴이 꾹 조여들었다. 경위님은 내 눈치를 살피더니 조심스레 입을 열었다.

“농장에서 불법 행위가 벌어지고 있다는 신고를 받고 출동했지만, MG 커넥티드 측에서 현장 데이터를 모두 전소시켜 버려서 제대로 혐의를 입증할 만한 증거가 남아 있지 않아요. 서버로 들어온 자료 외에 우리에게 줄 매지컬 레볼루션의 원본 데이터가 유리 씨에게 있다고 했는데, 혹시 아시는 게 있나요?”

"네?"

"은색 칩이라고 했어요. 혹시 기억 안 나시나요?"

그제야 이오가 남긴 마지막 메시지가 생각났다. '발 밑을 잘 봐.' 혹시 지금을 위해 한 말이었을까? 나는 내 신발을 가져다 달라고 부탁했다. 떨리는 손으로 신발 밑창을 들어내자 숨겨 놓았던 작은 은색 칩이 나왔다. 그것을 경위님에게 건네자 경위님은 다시 옆에 있던 휴머노이드에게 전달했다. 휴머노이드는 팔의 패널을 열고 칩을 삽입한 뒤, 불빛을 깜박이며 데이터를 읽어 들이기 시작했다.

경위님이 다시 입을 열었다.

"아마 당분간은 병원에 있어야 할 거예요. 약물 오남용 흔적이 있어 재활 치료도 받아야 할 거고요. MG 커넥티드 쪽에서 계속 접촉하려고 들겠지만 당분간 저희가 이유리 씨의 신변 보호를 담당할 예정이니 걱정 마세요."

"경위님, 칩의 내용 확인했습니다. 원본 데이터가 확실합니다."

휴머노이드가 높낮이 없는 목소리로 보고했다.

"알겠어. 그럼 수사국으로 돌아가자."

경위님이 자리에서 일어났다.

"이유리 씨, 저희가 분석이 끝나는 대로 다시 찾아올게요. 협조 감사합니다."

경위님이 막 몸을 돌리려는 순간, 나도 모르게 경위님의 재킷을 덥석 붙잡았다.

"저기…… 혹시 농장에 휴머노이드가 한 대 있지 않았나요? 어떻게 됐나요?"

"사건 현장에 있던 거요? 많이 훼손되어 제조사에서 수거한 걸로 알고 있어요."

"아…… 그래요."

다시 한번 가슴이 쿡 죄어들었다.

"왜 그러세요?"

경위님이 의아한 표정으로 물었다.

"아무것도 아니에요."

이오가 빌렸던 테라의 몸은 이제 없다. MG가 회수한 이오의 데이터는 어떻게 되었을까? 만약 그것도 없어졌다면……. 그럼 내가 이 세상에서 만났던 이오는 더 이상 존재하지 않는 걸까?

병실 문이 닫히자 작고 좁은 공간에 또다시 나 홀로 남겨졌다는 사실이 실감 났다. 적막한 병실에는 희미한 전자음만 규칙적으로 울려 퍼졌다.

창밖으로는 해가 지고 있었다. 하얀 병실 벽에 노을이 프리즘을 통과한 듯 아른거렸다. 노아, 아니 이오와 함께 벤치에 앉아 노을을 바라보던 순간이 떠올랐다. 눈을 감았다. 나를 바라보던 눈빛, 내 손끝에 단단하게 잡히던 얼굴, 이오의 향기. 그 모든 것이 고글 없이도 선명했다.

어느새 나는 바다에 서 있었다. 잔잔한 물결이 발끝을 적셨다.

'유리야. 잊지 마. 너의 바다에서 기다릴게. 내가 꼭 널 만나러 갈게.'

이오의 떨리는 목소리가 수면 아래로 자꾸만 가라앉으며 멀어져 갔다. 나는 정신없이 바닷속으로 뛰어들었다. 끝없이 깜깜한 물속을 헤매며 이오를 찾았지만 어디에도 이오는 없었다. 숨이 턱 막혀 왔다.

고개를 들자 이미 새까맣게 어두워진 밤하늘이 창문 너머로 보였다. 마치 거울처럼 창문이 나를 비추고 있었다. 거기엔 베개를 껴안고 입을 벌린 채 소리 없이 울음을 터뜨리고 있는 내가 있었다. 그 울음은 여전히 어딘가에 닿지 못하고 좁은 병실 안을 메아리치다 흔적도 없이 사라졌다.

시간은 천천히 흘러갔다. 하루가 지날 때마다 팔의 발진도 조금씩 옅어졌지만 별 감흥은 없었다. 규칙적으로 반복되는 피 검사, 신체검사에 지쳐 갈 때쯤 누군가 병실을 찾아왔다. 농장 엘리베이터에서 마주쳤던 혜지였다. 혜지 뒤에는 경위님 얼굴도 보였다. 혜지는 나를 보고 깜짝 놀란 듯 눈을 크게 뜨며 입을 가렸다.

"컨디션은 좀 괜찮으세요? 오늘 유리 씨를 보고 싶어 하는 분이 있어서 같이 왔어요. 인사하세요. 김혜지 씨예요. 사건이 일어났던 날 경찰에 신고도 하고 전정기계도 작동시킨 장본인이에요."

"이상한 사람들이 괴롭히는 것 같아서 나도 모르게 그만……. 혹시 나 때문에 다친 거예요?"

혜지가 물었다. 그 말에 경위님이 고개를 저었다.

"그건 아니니까 걱정 말아요. 혜지 씨가 유리 씨를

계속 보고 싶어 했어요. 혹시 서로 아는 사이인가요?"

나는 아니라고 고개를 옆으로 흔들었고, 혜지는 고개를 세게 끄덕였다.

"사실 혜지 씨 덕분에 수사에 큰 도움도 받았거든요."

경위님이 혜지의 어깨에 손을 올리며 웃었다.

"사건이 일어나기 전에 혜지 씨가 레거시 엔터테인먼트 앞에서 계속 잠복해 있었다고 하더라고요. 그러다 뭔가를 폐기하는 현장을 찍었는데 거기에 결정적인 증거가 있었어요. 레거시하고 MG가 팬들의 뇌 스캐닝 데이터를 주고받으면서 이익 창출에 힘썼다는 증거죠."

혜지가 씩 웃으며 주머니에서 작은 카메라를 꺼냈다.

"제가 더 헤리티지 찐팬이거든요. 사실 노아 찍으려고 잠복했던 건데, 이 카메라 성능이 너무 좋아서 말이죠. 핫핫!"

그 모습에 순간 머릿속에 누군가가 떠올랐다. 동시에 혜지의 카메라가 눈에 들어왔다. 카메라에는 'Cutie-Heri'라고 쓰인 장신구가 달랑거리며 달려 있었다. 세상에 이런 우연이 있을 수 있을까?

"호, 혹시…… 큐티헤리 님?"

나는 조심스레 물었다.

"어? 저 아시는구나? 맞다, 경위님이 유리 씨도 더 헤리티지 팬이라고 그러긴 했는데. 제가 좀 팬클럽에서 헤비 업로더긴 해요."

혜지가 머리를 긁적이며 대답했다.

"아……."

대답을 할까 말까 망설이다 나는 조심스레 입을 열었다.

"……저…… 기린이에요."

"네?"

"저 붉은기린이라고요."

순간 혜지가 들고 있던 카메라를 바닥에 떨어뜨렸다. 쾅 하는 소리와 함께 혜지의 입에서 탄성이 터져 나왔다.

"미친!"

우리가 아주 예전부터 알고 지낸 사이란 사실에 가장 기뻐한 것은 김정윤 경위님이었다. 우리 둘 다 중요한 목격자이자 진술자이지만 보호자가 없어 재판 전까지 경찰이 제공하는 숙소에 격리된 채 머물러야 했다.

둘이 잘 아는 사이라면 재판까지 시간이 조금 길어져도 잘 버틸 수 있을 거라고 생각하는 듯했다.

처음에는 혜지와 함께 있는 게 어색하고 불편했다. 하지만 혜지가 아니었더라면 하루 종일 이오를 생각하며 아무것도 못 했을 것이다. 혜지와 소소한 일상을 함께 보내며 평범한 대화, 따뜻한 식사, 때로는 아무것도 묻지 않는 긴 침묵에 조금씩 익숙해졌다. 아무 일도 없었던 것처럼 다시 일상으로 돌아온 것 같은 착각이 들었다. 때때로 경찰서에 가서 증언을 되풀이하고 이오에 대해 설명해야 하는 날만 빼면 말이다.

이오가 경찰에 제보한 데이터와 내가 제출한 매지컬 레볼루션 데이터로 MG 커넥티드와 레거시 엔터테인먼트는 심각한 주가 타격을 입었다. 특히 MG 커넥티드는 스마트 고글을 이용해 아이돌 팬뿐만 아니라 각종 분야에서 일반인의 뇌 데이터를 불법으로 스캐닝하고 있었다는 사실이 밝혀지면서 여론이 들끓었다.

그중에서도 나 같은 취약 계층 아이들에게 스마트 고글을 무상으로 제공한 뒤 신체 데이터를 무단으로 수집한 것과, 일부 아이들에게 신체 부작용이 발생했음을 인지하고도 더 많은 데이터를 수집한 행위가 가장 큰 문제로 지적되었다. 누군가는 이를 '새로운 형태의 착취'라고 표현했다.

하지만 나는 다른 무엇보다도 진짜 노아가 이미 세상을 떠났다는 사실이 믿기지 않았다. 노아가 그토록 힘들어했다는 걸 왜 나는 알아차리지 못했을까. 노아가 보낸 신호들이 분명 있었을 텐데. 노아라면 꿋꿋하게 이겨 낼 거라고 그저 믿고만 있었던 걸까? 이런 자책감이 계속해서 나를 괴롭혔다.

그럴 때마다 담담하게 나를 위로해 준 것은 혜지였다. 혜지는 자신의 팔뚝 안쪽에 노아의 옆얼굴 문신을 새기는 것으로 자기 나름대로 마음을 정리한 듯 보였다. 가상 현실에서 만났던 혜지는 귀엽고 어딘가 어린 티가 났는데, 현실 속 혜지가 오히려 더 듬직한 게 신기했다. 혜지는 원래 가상 현실 속에선 자신에게 없는 모습을 추구하기 마련이라고 했지만.

이오는 어땠을까? 이오가 나에게 보여 준 모습은 어디까지가 진실이고 어디까지가 가짜였을까? 나의 속마음을 알고 싶어 뇌 속을 몇 시간이고 들여다봤던 이오와, MG가 가진 모든 데이터를 삭제하고 나를 구하러 왔던 이오. 어쩌면 둘 다 진짜 이오일 것이다. 무대 위에서 누구보다 빛나던 노아와 아무도 보지 않는 곳에서 깊은 슬픔에 잠겨 있던 노아가 똑같은 사람인 것처럼.

재판이 끝나고 참고인 조사도 어느 정도 마무리되자 경위님은 우리에게 새로운 직장과 숙소를 알아봐 주었다. 남쪽 바닷가에 위치한 작은 식물 카페였다. 혜지와 함께 새로운 곳으로 출발하기 전, 나는 스마트 농장에 들렀다. 정리할 것은 별로 없었다. 이미 경위님이 농장 관계자에게 사정을 모두 이야기했기 때문이다. 작별 인사를 할 만한 동료는 아무도 없었지만, 뭔가에 이끌리듯 이오와 헤어졌던 마지막 장소로 향했다.

27층에 도착하자마자 어디선가 익숙한 비누 향기가 났다. 뭐지? 이건 노아의 향기랑 비슷한데? 향기가 나는 곳으로 정신없이 따라가 보니, 백합을 키우던 농장 안에는 이제 백합이 아니라 작은 라일락 나무가 빽빽하게 심겨 있었다.

“관계자 외 출입 금지입니다. 견학은 유리문 바깥에서 해 주세요.”

나무 사이에서 테라가 모습을 드러내더니 내 쪽으로 성큼성큼 걸어왔다.

"앗, 죄송합니다."

나는 얼른 뒤로 돌다가 그만 가지에 걸려 다리를 휘청였다. 넘어지기 직전, 테라가 내 팔을 붙잡았다.

"발밑을 조심해야지요."

그 말을 듣자 울컥하며 눈물이 걷잡을 수 없이 차올랐다. 나는 아직도 이오를 떠나보내지 못한 걸까.

"제가 도와드릴 일이 있다면 언제든 말씀해 주세요."

나는 대답 대신 내가 부러뜨린 라일락 꽃가지 하나를 주워 들었다. 라일락 향기를 맡으며 이오를 생각했다. 5초를 세며 이오를 끌어안던 순간을, 이오가 다시 나를 안으며 다정하게 웃던 모습을 떠올렸다. 가장 빛나던 순간의 이오를 기억하는 것으로 이오에게 작별 인사를 대신했다.

붉은 기린이 사는 바다

“모래알로 너의 이름을 새겨 넣고 너를 향해 달려가. 유리가 부서질 듯 투명한 너의 마음이…….”

“그게 무슨 노래야?”

흥얼거리는 혜지를 보며 내가 묻자 혜지는 이것도 모르냐는 눈빛으로 나를 쳐다봤다.

“아, 맨날 아날로그로 사니까 이런 것도 모르지. 이거 요즘 인기인 아이돌 칼세도니 노래잖아. 근데 이 곡이 좋긴 좋나 봐, 우리 유리도 관심 갖는 거 보니깐?”

“칼세도니?”

“아 왜 그 그룹 있잖아. 전원 진화형 휴머노이드 인공 지능으로 된 그룹. 사람이랑 완전 똑같다고 요즘 난리잖아. 심장도 뛰고, 어? 땀도 흘리고. 겉으로 봐선 전혀 모른대. 곡도 다 자기네가 직접 작사 작곡하고. 이번 싱글은 있지…….”

“아, 맞다. 정원에 물 주는 거 깜빡했다. 아까 보니까 꽃들이 죄다 고개를 푹 숙였던데.”

혜지의 이야기가 더 길어지기 전에 자리에서 일어섰다. 아이돌 이야기라면 지금도 의식적으로 피해 버리게 된다. 노아와 이오에 대한 기억이 아직도 생생해서일까? 혜지는 원래 사랑의 빈자리는 다른 사랑이 채워 주는 거라며 나더러 과민 반응 아니냐고 하지만, 난 아직 가벼운 마음으로도 누군가를 좋아할 준비가 되지 않은 것 같다.

카페 앞 수돗가에 심어 놓은 라일락 나무는 벌써 그늘을 만들어 줄 만큼 크게 자랐다. 나는 소매를 걷어 올리고 바닥에 감아 놓은 호스를 주워 들었다. 체크무늬 소매 아래로 기린을 연상케 하는 얼룩무늬가 드러났다. 두통과 가려움증은 완전히 사라졌지만 붉은 발진 자국은 아직도 연하게 남아 있다.

하지만 이제는 가리지도, 남의 눈에 띄지 않기 위해 어두운 곳을 찾지도 않는다. 사람들은 내가 감추려 들면 그것이 나의 약점인 줄 알고 집요하게 그것을 쳐다본다. 하지만 당당히 내놓으면 아무도 그것에 대해 말하지 않는다. 이마에 희미하게 남아 있는 상처도 더 이상 부끄러워할 필요가 없다. 나를 괴롭혀 온 모든 것에 내가 끝내 지지 않았다는 증거니까.

손잡이를 누르자 시원한 물줄기가 잔디 위로 쏟아졌다. 나는 꼼꼼하게 물을 뿌렸다. 내 무릎까지 무성히 자란 야생화 화단에도, 길게 목을 뺀 백합 화단에도. 내가 가꾸는 화단은 화려하지도, 잘 정돈되어 있지도 않다. 단골손님 중엔 왜 잡초를 뽑지 않고 저리 두냐며 자기가 대신 뽑아 주겠다는 사람도 있었다.

하지만 나는 이 화단이 마음에 든다. 때로 거칠고 어수선해 보일지라도 말이다. 어딘가에서 날아와 각자의 방식으로 살고 있는 풀을 보기 싫다는 이유로, 용도에 맞지 않는다는 이유로 뽑아 버리기는 싫었다.

머리를 조금 숙여 백합 향기를 맡았다. 하이브리드 백합이 아니고 예전부터 내려오던 원종 백합 구근을 심었더니 향기도 미약하고 꽃도 작다. 하얗고 군데군데 분홍색 점이 콕콕 박혀 있는 나팔 모양 꽃. 이 작고 소박한 꽃은 어딘가 나를 닮았다. 그래서 더 마음에 드는지도.

어디선가 호랑나비 한 마리가 날아와 백합 위에 내려앉았다. 그러고는 나에게 인사하듯 커다란 날개를 천천히 폈다 접었다 했다. 그걸 보자 또다시 이오가 떠올랐다.

아직도 종종 꿈에 이오가 나온다. 꿈속에서 이오는 아무 일도 없다는 듯이 해맑게 웃었다. 우리는 말없이 가로등이 켜진 길을 걷고, 모래사장을 걷고, 학교 복도를 걸었다. 오랜만에 그리운 이를 만난 것처럼 꿈속에서도 심장이 뛰었다. 하지만 꿈에서 깨어난 후에는 어김없이 베갯잇이 눈물투성이였다.

이 감정은 뭐라고 이름을 붙여야 할까? 세상에 더 이상 없는 무언가를 끊임없이 그리워하는 게 내가 생각해도 어딘가 고장 난 사람 같다.

부탁하지 않아도 경위님은 가끔 이오에 관한 소식을 들려줬다. 최근 몇 년 사이 인간형 휴머노이드가 급속도로 발전한 게 이오 때문이 아닐까 짐작만 하고 있다고 했다. 부서진 테라의 회로 어딘가에 이오가 남아 있었다면, 이오의 원형을 다시 복원하여 진화형 인공 지능 휴머노이드가 탄생했을 수도 있다고 말이다. 휴머노이드를 생산하는 회사의 보안이 철통같아 어떤 정보에도 접근할 수 없어 그 이상은 알기 힘들다는 말을 덧붙였다.

가끔 거리를 돌아다니는 휴머노이드와 마주칠 때마다 이오의 조각이 저 안에 살아 숨 쉬고 있는 건 아닐까 상상하곤 한다. 물론 그럴 일은 없겠지만…….

물을 모두 뿌리고 나니 기분이 상쾌해졌다. 카페로 돌아와 앞치마를 벗으려는데 카운터 위에 연보라색 라일락 가지로 만든 꽃다발이 눈에 띄었다. 꽃다발 속에는 작은 메시지 카드도 들어 있었다. 겉면에 내 이름이 적힌 메시지 카드를 열자 단정한 글씨가 눈에 들어왔다.

'너의 바다에서 기다릴게.'

그 글자를 읽는 순간 심장이 쿵쿵 뛰기 시작했다.

"혜지야. 이거 누, 누가 놓고 간 거야?"

나도 모르게 목소리가 덜덜 떨렸다.

"어? 그게 뭐지? 아까 마스크 쓴 남자가 잠깐 들어

왔다가 저기 바다 쪽으로 나갔어. 한 20분 정도 된 것 같은데. 그 사람이 놓고 간 건가? 근데 유리야, 너 더위 먹은 거 아냐? 얼굴이 빨개."

나는 대답 대신 카페를 뛰쳐나갔다. 바다로 향하는 길을 따라 정신없이 달렸다. 발밑의 모래알이 세차게 튀어 올라 무릎을 스쳤다. 오직 한 가지 생각만이 머릿속에 가득했다. 이오. 이오가 왔어!

나는 손을 뻗어 너의 손을 잡아

어둠 속 너와 나

우리의 심장이 같은 박자로 뛰기 시작해

줄지어 늘어선 무인 상점 중 하나에서 잊고 있던 노아의 목소리가 흘러나왔다. 하지만 아무것도 귀에 들어오지 않았다. 줄줄이 튀어나오는 홀로그램 광고를 지나치며 빠르게, 더 빠르게 달렸다. 저 멀리 바다를 향해서, 눈이 부실 정도로 하얗게 빛나는 태양을 바라보며 오직 나만이 뛰고 있었다.

파도가 모래사장으로 스며드는 경계에 누군가 서 있었다. 내게서 등을 지고 서 있어 실루엣만 보였지만 무언가를 확신이라도 한 듯 심장이 더 빠르게 뛰었다. 한 걸음, 또 한 걸음, 천천히, 그러나 확실하게 그쪽으로 다가갔다.

남자가 천천히 돌아섰다. 그의 얼굴을 보는 순간, 그 자리에 오도카니 멈춰 섰다. 노아를 닮은 듯하면서도 낯선 얼굴이었다. 하지만 그는 이내 아주 반가운 사람을 본 것처럼, 금방이라도 눈물이 떨어질 것 같은 표정을 지었다. 그건 내가 아주 잘 아는 표정이었다.

"유리야, 왔어?"

나는 정신없이 달리기 시작했다. 발을 따라 모래가 푹푹 빠지며 짙은 흔적을 남겼다. 그에게 막 닿기 일보 직전 주춤하며 발을 잘못 디뎠다. 앞으로 고꾸라지려는 순간 그가 내 팔을 붙잡았다.

"발밑을 잘 봐야지. 유리 너는 하나도 변한 게 없네."

나는 아무 말 없이 그를 껴안았다. 두 심장이 쿵쿵 뛰는 소리가 귓가에 울렸다. 어디선가 바다 냄새가 섞인 향긋한 라일락 향이 났다. 겨우 입을 열었다.

"잘했어. 이제 아무 걱정 하지 마. 내가 여기 있잖아."

그렇게 말하자 나를 안은 팔에 힘이 꾹 들어갔다. 그것은 아주 기분 좋은 숨 막힘이었다.

작가의 말

나도 유리처럼 무대 위의 누군가를 바라보며 간절하게 응원한 적이 있다. 5분의 무대를 보기 위해 왕복 다섯 시간 넘게 운전하기도 했고, 하루 종일 간이 의자에 앉아 더위와 싸우며 입장 줄을 기다리기도 했다. 새로운 MD가 나오는 족족 사 모으고, 필요한 것은 직접 만들기도 했다. 힘든 줄도 몰랐다. 조명이 꺼진 깜깜한 무대 위에서 음악이 시작되면, 모든 것을 잊게 해 주는 마법이 펼쳐졌다.

누군가의 팬이 된다는 것은 일상을 엉망으로 만들 만큼 파괴력이 있으면서, 때로는 무자비하게 현실을 침범하기도 한다. 처음으로 누군가의 팬이 되어 본 나로서는 현실과 몰입 사이의 아슬아슬한 줄타기가 늘 어려웠다. 놓친 공연이나 스케줄이 하나라도 있으면 하루 종일 우울해했고, 아티스트의 성장이 내 응원 덕분이라는 착각에 빠지기도 했다. 나 자신을 활활 태워 가며 열정을 쏟아붓는 것이 팬으로서 응당 가져야 할 자세라고 믿었다.

한없이 나 자신을 잃어 가며 깊은 심해로 빨려 들어가는 듯한 시간을 보내고 나서야 비로소 다시 떠오를 수 있었다. 이야기를 여러 번 고쳐 쓰면서 내가 느꼈던 감정들을 복기해 볼 수 있었는데, 때로는 시간 낭비 같았던 그 모든 경험이 지금은 감사할 뿐이다. 유리가 그랬듯, 나 또한 누군가에게 절대적인 지지를 보내며 한결같은 나 자신을 자랑스러워하고 위안을 얻었기 때문이다.

누군가의 행복을 순수한 마음으로 비는 것은 우리가 생각하는 것보다 더 큰 힘을 갖는다. 나의 마음에 감동하는 상대의 모습을 보는 것만으로도 더 큰 행복을 얻기도 하고, 삶과 태도가 조금 더 긍정적으로 변하는 계기가 되기도 한다. 이 소설에서도 해석 불가능한 사랑이 누군가를 마법처럼 변화시키는 이야기를 담고 싶었다.

주인공 유리는 자신이 착취당하는지도 모르면서 사

회로부터 이용만 당하며 살아가는 아이다. 유리는 늘 누군가를 간절하게 사랑하고 싶어 한다. 유리를 묘사하면서 '바보 같을 정도'로 한결같이 노아를 사랑한다고 적었지만, 결국 유리는 그 바보 같은 사랑으로 이오를 진화시키고, 부도덕한 기업을 무너뜨리고, 사랑을 되찾는다. 그게 유리의 한결같은 사랑이 가진 힘이라고 생각한다.

번데기 속에서 애벌레의 몸을 녹여 나비로 태어나는 것처럼, 이오는 노아에 관한 기억을 재구성하여 태어난 인공 지능 인격이라 설정했다. 5,000킬로미터를 날아서 이동하는 제왕나비처럼 이오는 불가능한 확률을 뚫고 자신의 인격을 되찾아 유리를 만나러 온다. 이오가 유리를 찾아오는 결말은 이야기를 시작할 때부터 단 한 번도 바뀌지 않았다. 꽉 막힌 해피엔딩을 좋아하는 걸 보면 나 역시 바보 같을 정도로 한결같은 사랑을 믿는 사람인가 보다.

즐거운 마음으로 이야기를 시작했고, 그 과정에서 많은 것을 배울 수 있었다. 글쓰기에 첫발을 내디딜 수 있도록 도와주신 정해왕 선생님, 아낌없는 조언과 응원으로 힘들 때마다 일으켜 주신 김리하 선생님께 깊은 감사를 드린다. SF 장르의 아름다움을 가르쳐 주신 윤여경 선생님과 꼼꼼하게 조언해 주신 전예슬 편집자님 덕분에 이야기를 무사히 마무리할 수 있었다. 귀한 조언을 아끼지 않고 도움 주신 로맨스방 선후배님과 어작교, 동창모 쓰담 동기들에게도 감사드린다.

언제나 영감을 주는 나의 뮤즈이자 아이들—제인, 제선, 우석, 지석—덕분에 이야기를 시작할 수 있었고, 뭐든 도전해 보라고 용기를 주신 부모님 덕분에 포기하지 않고 글을 써 나갈 수 있었다. 마지막으로 원고의 시작부터 끝까지 응원해 주고 모든 덕질의 역사를 인내해 준 나의 동반자이자 전우, 독자이자 비평가인 남편에게 무한한 감사를 보낸다.

지금 이 순간, 누군가를 열렬히 응원했던, 응원하고 있는, 혹은 응원하고 싶은 당신에게 이 이야기가 닿길 바랍니다.

남지민

싱크 데이트

나를 사랑한 아이돌

초판 인쇄 2024년 9월 3일 **초판 발행** 2024년 9월 3일

지은이 남지민

펴낸이 남영하 **편집** 전예슬 김주연 **디자인** 박규리 **마케팅** 김영호 **경영지원** 최선아

펴낸곳 ㈜씨드북 **주소** 03149 서울시 종로구 인사동7길 33 남도빌딩 3F **전화** 02) 739-1666 **팩스** 0303) 0947-4884

홈페이지 www.seedbook.co.kr **전자우편** seedbook009@naver.com **인스타그램** instagram.com/seedbook_publisher

ISBN 979-11-6051-665-4(43810)